KB114824

재벌닷컴
chaebol.com

재벌 닷컴 4

매검향 장편소설

초판 1쇄 찍은 날 § 2017년 12월 21일
초판 1쇄 펴낸 날 § 2017년 12월 28일

지은이 § 매검향
펴낸이 § 서경석

총괄팀장 § 최하나
편집책임 § 이선근
편집 § 김슬기

펴낸곳 § 도서출판 청어람
등록번호 § 제387-1999-000006호
등록일자 § 1999. 5. 31
어람번호 § 제1-2819호

주소 § 경기도 부천시 부일로 483번길 40 서경B/D 3F (우) 14640
전화 § 032-656-4452 팩스 § 032-656-4453
http://www.chungeoram.com
E-mail § chungeorambook@daum.net

ⓒ 매검향, 2017

ISBN 979-11-04-91583-3 04810
ISBN 979-11-04-91501-7 (세트)

4

매검향 장편소설

FUSION FANTASTIC STORY

재벌닷컴

재벌닷컴
chaebol.com

목차

C O N T E N T S

제1장
기업보다 사람 Ⅱ

다음 날.

태호는 오늘부터 윤정민 차장으로부터 본격적으로 영어 회화를 배우기로 함에 따라 기상 시간을 한 시간 앞당겼다. 이에 따라 새벽 4시가 되자 자명종이 이름 그대로 스스로 울었다.

물론 효주의 수면을 방해하지 않기 위해 그 음을 상당히 작게 했음에도 고요한 시간에 울려 퍼지는 자명종 소리는 무척이나 크게 느껴졌다. 아무튼 태호가 자명종이 울자마자 자리에서 벌떡 일어나니 효주가 옆을 더듬더니 잠에 취한 목소리로 물었다.

"벌써 기상 시간 됐어요?"

"응."

"조금 빠른 것 같은데……."

말과 함께 눈을 떠 방 안을 둘러보더니 효주가 말했다.

"아직 날도 안 샜잖아요?"

"오늘부터 영어 회화 배우기로 했어. 그래서 한 시간 일찍 일어난 거야."

"아이고, 우리 신랑, 고생 많네. 그 짧은 수면 시간을 또 줄이다니 말이에요."

효주의 말에 빙긋 웃은 태호가 말했다.

"푹 더 자."

"알았어요."

효주는 말과 함께 이불을 돌돌 말아 누에고치가 되는가 싶더니 모로 누웠다. 곧 욕실로 들어간 태호는 정신이 번쩍 나도록 샤워까지 하고 정원 잔디밭으로 나와 스트레칭으로 몸을 풀었다.

그리고 경비원이 근무하고 있는 정문 초소로 갔다. 희미하게 실내등이 밝혀진 작은 초소 안에서는 60대 초반의 경비 아저씨가 작은 책상에 엎드려 자고 있었다. 이를 본 태호가 헛기침을 하자 깜짝 놀란 경비원이 벌떡 자리에서 일어나더니 허둥지둥 구호와 함께 거수경례를 했다.

"충성!"

모른 척 태호가 물었다.

"신문 온 것 좀 주세요."

"네, 네!"

곧 그가 사방으로 돌아다니며 어지럽게 던져놓은 신문을 모았다. 이를 받아 든 태호가 말했다.

"두 신문이 빠졌군요. 앞으로 이 시간까지 배달되지 않는 신문은 끊는다고 전해주세요."

"네, 부회장님!"

그의 대답을 건성으로 들으며 태호는 신문을 들고 거실로 돌아왔다. 그리고 그때부터 빠른 속도로 신문을 읽어 내려가기 시작했다. 그러기를 한 시간여.

가벼운 발소리가 들리는가 싶더니 인사하는 목소리가 들려왔다.

"안녕히 주무셨어요, 부회장님?"

"네."

대답하며 태호는 빠른 속도로 어지럽게 널린 신문을 정리했다. 그것이 끝나자 태호는 그녀를 데리고 서재로 향했다.

서재에 발을 들인 윤 차장은 창문을 제외한 삼면 가득 꽂힌 책을 보더니 말했다.

"책이 무척 많네요. 작은 도서관이라 해도 과언이 아니겠어요."

"장식용이라 해도 과언이 아니죠. 1/3도 읽지 못했으니까요."

"그래도 그게 어디예요."

그녀의 말을 미소로 받아넘긴 태호는 장방형 테이블에 앉아 맞은편 의자를 가리켰다. 이에 자리에 앉은 그녀가 엄숙한 표정으로 말했다.

"앞으로 이 서재에 들어서는 순간부터 한국어는 금지입니다. 모든 것은 영어로 말하고 답합니다. 또 차에는 항상 회화 테이프를 비치해 수시로 듣길 권장합니다. 그렇게 하시겠습니까?"

"네. 무조건 선생님의 말에 따르겠습니다."

태호의 답변이 마음에 들었는지 환한 미소를 짓는 그녀를 보며 확실히 미인이라는 생각이 들었다. 벌써 화장까지 마친 그녀의 얼굴은 정말 빼어났다.

정확히 50분의 수업이 진행되고 마친 시간이 오전 6시. 태호가 그녀와 함께 주방으로 향하니 가정부 아주머니가 깜짝 놀란 얼굴로 물었다.

"벌써 식사하러 오신 거예요? 밥은 다 됐지만 아직 반찬이……."

"아, 내가 미처 통보를 안 해드렸군요. 내일부터는 6시에 식사할 수 있도록 해주시고, 반찬은 있는 대로 주세요."

"네, 부회장님!"

이렇게 하여 태호가 자신의 집무실에 도착한 시간은 6시 50분이었다. 곧 7시부터 시작된 간부 회의에 참석한 태호는 어제 이 회장과의 대화에서 결정된 사항과 함께 또 한 가지를 말했다.

"올해부터 봄과 가을에 두 번, 가족 동반 야유회를 계열사 전체적으로 추진하겠습니다. 따라서 각 사는 형편에 맞게 일정표를 짜주시기 바랍니다. 이상으로 회의를 마치겠습니다."

웅성웅성 떠드는 간부들의 말을 뒤로하며 태호는 그 자리를 벗어났다.

* * *

오전 8시.

업무를 시작하자마자 상사의 김현구 사장이 태호의 집무실로 찾아들었다. 이에 태호는 비서실장을 불러 함께 자리하도록 했다. 김 사장이 입을 떼었다.

"히타치의 가전제품 합작 공장 건 말입니다."

"계속하세요."

"합작은 하되 선결 조건으로 OEM 방식이어야 한다는 것입니다. 이것이 받아들여지지 않으면 합작을 논의할 필요도 없다는 답변을 들었습니다."

"흐흠."

침음하며 태호는 생각에 잠겼다. 태호는 우선 국내 가전 시장에 대해 생각해 보았다. 기존 삼성과 금성, 여기에 최근에는 대한전선의 가전사업 부문을 인수한 대우전자마저 뛰어들어 작은 국내시장을 놓고 치열한 각축전을 벌이고 있었다.

그런데 우리 그룹이 뒤늦게 뛰어들어 국내시장의 승자가 될 수 있을까? 회의적이 아니라 불가능에 가깝다는 판단이 내려졌다. 그러자 태호는 자연스럽게 OEM 생산 방식에 대해 생각하게 되었다.

OEM 생산 방식은 그 대상이 그 무엇보다 중요했다. 시시한 회사가 아닌 세계적인 메이커라면 정말 해볼 만했다. 세계 최고 수준의 메이커들은 우리가 생산해 납품할 제품이 자사 브랜드로 세계시장에 출시되기 때문에 절대 품질에 소홀히 하지 않는다.

불량품이 출시되는 것은 그들로서는 상상할 수도 없는 일이다. 따라서 이들은 자사 브랜드에 적합한 품질의 제품을 납품받기 위해 납품받는 회사에 자사 최고 수준의 기술자들을 상시 배치해 이것저것 수많은 잔소리를 해댄다. 이 과정에서 후발 주자는 기술은 물론 품질 관리 능력까지 업그레이드되게 마련이다.

이런 속에 회사는 품질은 물론 기술 자립 능력을 갖추게 되고, 비로소 혼자 걸을 수 있는 토대가 마련되는 것이다. 문제는 이 과정이 결코 하루아침에 이루어지지 않는다는 것이다. 그래서 태호는 시간을 단축시킬 묘안으로 기술연구소를 생각해 냈다.

처음에는 합작 회사가 공급하는 조립 형태가 될 것이다. 그러나 더 싸면서도 품질도 만족할 만한 제품이 있다면 이들은 기꺼이 그 부품을 쓸 것이다. 매해 더 치열하게 전개되는 전쟁의 승자가 되기 위해서는 단가를 낮추는 것만큼 중요한 것도 없기 때문이다.

따라서 태호는 현장 및 기술연구소를 통해 핵심 부품을 빠르게 국산화해 이들 기업부터 납품하는 것을 시작으로 종래에는 세계 곳곳에 전자 공장을 세우겠다는 목표를 세웠다. 여기까지 생각을 마친 태호가 비로소 입을 떼었다.

"좋소. 그들의 요구 조건을 수용하여 OEM 방식으로 하되 경영은 우리가 하는 방식으로 추진해 보시오."

"알겠습니다, 부회장님."

"또 하나, 전 세계를 상대로 자동차 공장을 인수할 수 있는지 그 대상을 파악해 주시오."

"자동차 공업에도 진출하시게요?"

"그렇소."

분명히 답한 태호가 말했다.

"국내의 돌아가는 상황으로 보면 국내에 자동차 공장을 세우는 것은 불가능하오. 산업합리화 조치의 일환으로 승용차 부문과 트럭 부문 등으로 구분 생산마저 강제하는 정부인데 우리의 진출 요구를 들어줄 리 없을 것이오. 그러니 해외 생산을 해보려 하오."

"알겠습니다, 부회장님."

"저희도 한번 알아보겠습니다."

김 사장의 대답과 함께 정 비서실장도 눈치껏 답을 했다.

그로부터 사흘이 지났다.

이날도 업무를 시작하자마자 상사의 김 사장이 태호의 집무실로 들이닥쳤다. 이에 정 실장을 배석시킨 태호가 말했다.

"하실 말씀이 있으면 하세요."

"히타치에서는 합작 지분 50 : 50으로 공동경영이 저들의 최대 양보안이랍니다. 그렇지 않으면 합작할 의사가 없다는 것이 저들의 최종안입니다."

"흐흠……."

"만약 자신들의 요구를 수용한다면 전 가전제품은 물론 모터와 엘리베이터에 이르기까지 합작 생산 할 의사가 있다 합니다."

"좋소. 그렇게 하는 것으로 하고 회장님의 재가를 받는 것으로 보다 구체적인 협상에 돌입합시다."

"네, 부회장님."

몇 마디 더 대화를 나눈 태호는 그들이 나가자마자 회장실로 향해 지금까지의 협상 결과를 보고하고 그의 재가를 받았다.

*   *   *

5월 10일 금요일 오후.

내일 토요일을 맞아 비서실은 물론 기획실까지 가족 동반 야유회가 계획되어 있어 비서실 전체가 들떠 있었다. 그런 분위기 속에 노크와 동시에 벌컥 문이 열리며 김재익 부회장이 어두운 얼굴로 들어왔다.

이때가 오후 업무를 시작한 지 30분쯤 지난 무렵이었다.

"차 한잔하시겠습니까?"

"아니요. 회장실에서 마셨소."

"어디 편찮으십니까? 표정도 어둡고 몸 상태도 좋지 않아 보입니다만."

"아픈 사람은 내가 아니라 마누라요."

"네?"

"참으로 미련스러운 사람이오. 녹내장이라는 것이 대부분 백내장을 거쳐 녹내장으로 진행된다는데, 그럴 동안 혼자 병원을 다니는 것 같더니 병세가 급격히 악화되어 녹내장으로 전이되었다 하오. 그런데 문제는 국내 의료진 기술 수준으로는 이를 고칠 수 없다는 것이오."

"그렇다면 큰일 아닙니까?"

"그래서 마누라와 함께 미국으로 출국하기로 했소."

"네?"

"병간할 사람도 없거니와 이국 만리타향에서 어찌 혼자 치료를 받게 내버려 둔단 말이오."

"그럼 회사는……."

"당연히 떠나야지. 그래서 회장님께 말씀드리고 오는 길이오."

"미국에서도 업무를 볼 수는 있지 않습니까?"

"그게 말이 쉽지 절대 쉬운 일이 아니거니와 나도 이 기회에 좀 쉬고 싶소."

"거참……."

태호가 난감한 표정으로 바라보자 김 부회장이 다시 입을 열었다.

"나 때문에 김 부회장이 더 고생이 많게 생겼소."

"그보다 저는 형수님이 더 걱정됩니다."

"미국으로 건너가기만 하면 치료에 큰 문제는 없을 것이오."

"그렇게 되면 다행입니다만……."

"아무튼 아우가 더 고생할 것을 생각하니 나도 마음은 편치 않소."

"그런 생각 마시고 하루라도 빨리 치료를 서두르는 게 낫겠습니다."

"아니라도 오늘 밤 비행기로 출국 예정이오."

"마중 나가겠습니다."

"그럴까 봐 회장님께만 말씀드리고 떠나려다 예의가 아닌 것 같아 말한 것이니 그렇게 알고 더 이상은 사양이오."

"정 그러시다면 치료비만이라도 그룹 차원에서 지급하는 것으로 하겠습니다."

"회장님도 그런 말씀을 하셨지만 내가 거절했소."

"그건 절대 안 될 일입니다. 그 말씀 거두지 않으시면 아예 출국을 막겠습니다."

"허허, 거참……."

"그런 줄 아십시오."

"좋아. 아우까지 그렇게 말하니 받아들이기로 하지."

"감사합니다, 형님."

"이거 본말이 전도됐군. 누가 감사해야 할지."

"형님 건강도 잘 챙기십시오."

"회장님 말씀으로는 대안이 없다고 자네에게 내가 맡았던 것까지 모두 맡기실 모양인데, 나로서는 인수인계조차 제대로 하지 못하고 떠나는 것이 마음에 걸리네."

"밑의 사람들에게 보고받으면 됩니다. 너무 심려 마십시오, 형님."

"그렇게 말해주니 고맙네. 참, 딱 한 가지, 이 말은 전해주고 가고 싶군. 미국의 아는 지인을 통해 휴렛팩커드사에서 합작 제안을 해왔어. 그래서 일단 검토해 본다고 하고서는 미처 답을 줄 새도 없이 떠나게 되었으니… 자네가 잘 검토해서 결정 하시게."

"알겠습니다. 그 지인의 연락처나 제게 주고 가십시오."

"물론이지."

"형수님의 치료가 끝나면 다시 우리 그룹으로 돌아오시는 거죠?"

"지금으로서는 그럴 생각이네만, 앞일은 알 수 없지."

"믿겠습니다, 형님. 형수님의 빠른 쾌유를 빌고요."

"아우도 건강 조심하고 우리 또 보세."

곧 자리에서 일어난 두 사람은 가볍게 포옹하는 것으로 작별을 고했다.

히타치가 원역사에서는 내년에 금성사와 합작사를 설립하는 것과 마찬가지로 휴렛팩커드 역시 원래는 작년쯤 삼성과 합작사가 설립되어야 마땅했다. 그런데 알아보니 웬일인지 아직 그런 상태가 아니었다.

또 히타치가 일본 최대의 전기, 전자 기기 제조 업체로 이 분야 기준 독일의 지멘스, 삼성전자에 이어 세계 세 번째 기업이듯 휴렛팩커드는 〈포춘〉지 선정 '글로벌 500 대 기업'에서 9위를 오르내리는 세계적 기업이었다.

휴렛팩커드는 미국 실리콘밸리에 안착한 기업의 시조로 꼽히며, 세계 벤처기업 1호로 불리는 다국적 컴퓨터 정보 기술 업체인 것이다.

전에는 발진기, 전압계, 신호 발생기, 주파수 계산기, 온도계, 표준시계와 같은 전자 계측기 분야에 집중하던 것을 1980년대 이후로는 전자 측정, 전자 의료 장비, 사무기기, 컴퓨터, 주변기기, 복합기, 복사기, 광학기기 분야로 확대하는 것은 물론, 소프트웨어에서 하드웨어 부문에까지 개발 영역을 넓혀 현재는 약 2만 5,000여 종에 달하는 첨단 제품을 생산하고 있는 초우량 기업이었다.

이런 기업인 까닭에 태호는 적극 교섭에 응하겠다는 내용을 전하고 상대의 연락을 기다리는 상태가 되었다. 이렇게 미국 유명 기업들과도 하나둘 선이 닿자 태호는 상사의 김 사장과 정 비서실장을 불러 새로운 지시를 내렸다.

아직은 신생 기업일 애플과 마이크로소프트사에 대해서도 알아보도록 지시를 내린 것이다. 위의 모든 사항이 10일 금요일 내에 이루어진 것이다. 뿐만 아니라 회장실로 불려 들어가 김재익이 이미 말한 대로 그가 맡던 전 분야를 태호가 맡게 되었다.

이렇게 긴 하루가 가고 11일 토요일엔 계획대로 가족 동반 야유회를 개최했다.

야유회를 하필 토요일에 가느냐는 일부 직원들의 불만이 없는 것은 아니었지만, 태호는 이를 무시하고 자신이 선정한 충북 괴산군 청천면에 위치한 화양동 계곡으로 야유회를 가기로 했다.

직원과 가족 모두를 태운 통근 버스 다섯 대까지 동원해 현장으로 출발시킨 태호 역시 효주와 함께 자신의 승용차로 그곳으로 향했다. 물론 경호원들과 그들을 위한 차량 한 대도 함께였다.

가는 차 안에서 태호가 효주에게 말했다.

"기왕 청천까지 가는 거, 오늘 저녁은 모처럼 만에 고향 집에서 자는 것으로 합시다."

"혹시 청천으로 야유회 장소를 잡은 것도 그런 속셈이 있어서 아니었나요?"

"아니라고는 말 못하지."

"쳇! 나는 좀 불편한데."

"아무리 불편하기로서니 하룻밤 못 자겠소?"

"자는 건 괜찮지만 화장실이 영 불편해요. 밤에는 무섭기
도 하고요."

"미처 거기까지는 생각지 못했군. 나야 어려서부터 그곳에
서 생활했으니 별로 불편함을 몰랐는데… 하긴 요즈음은 나
도 불편하긴 해."

"호호호! 그렇죠?"

"이번에 들르면 집 전체를 현대식으로 개조하라 해야겠
어."

"나도 절대 찬성!"

"돈은 당신이 좀 보태줄 거야?"

태호가 농담 삼아 건넨 말을 효주가 선뜻 받았다.

"못 할 것도 없지요."

"좋았어. 며느리가 돈은 댄다고 생색내며 한번 추진해 보자
고."

"무슨 생색씩이나?"

"당신도 아직은 큰 부자가 아니잖아? 단지 월급쟁이일 뿐."

"그 말은 맞아요. 아, 말 한번 잘못했다가 그간 모아온 내

월급 몽땅 털리게 생겼네."

이쯤 되자 태호가 그녀에게 넌지시 물었다.

"얼마쯤 되는데?"

"그건 비밀. 많이 알려다가는 다친다고요."

"알았어. 다치기 전에 이쯤에서 종 치고 막 내리자고."

"또 썰렁 개그 나온다?"

"그래?"

"당신 그거 알아요? 어떤 때는 아빠보다 고루한 말투를 쓸 때가 있다고요."

효주의 말에 태호로서는 내심 뜨끔한 면이 있었지만 시침 뚝 떼고 말했다.

"아버지, 어머니는 농사짓느라 얼굴 보기도 쉽지 않으니 할머니, 할아버지로부터 말을 배워서 그런가 봐."

"나도 그렇게 생각해요. 참, 할아버지 제사가 언제라 했죠?"

"6월 15일이니 아직 멀었어."

"음력? 양력?"

"내가 말하는 제사나 생일은 모두 음력이라고 알면 돼."

"네."

고개를 주억거리는 그녀를 보고 태호가 귓속말로 소곤거렸다.

"아직 소식 없어?"

"어머! 며칠 됐다고 그런 소리예요?"

"그런가? 쩝!"

"또, 또! 그럴 때는 꼭 영감 같다니까요."

"하하하!"

답변이 궁색해지자 태호는 대소로 상황을 모면했다. 이렇게 시작된 가족 동반 야유회는 현지에서 점심을 먹는 것으로 대단원의 막을 내리고 귀경길에 올랐다.

그러나 태호만은 효주를 데리고 출발 때 한 약속대로 고향 집에서 1박을 하며 집을 현대식으로 개조할 것을 약속받았다. 그 돈은 며느리가 댄다는 것을 몇 번씩 강조해 가며.

*　　　　*　　　　*

월요일 아침.

태호는 이날 조간신문을 보고 자신들의 예상대로 시화호 방조제 건설 공사에서 삼원건설이 배제된 것을 알았다. 이렇게 된 마당에는 관심을 덜 가져도 되지만 태호로서는 마음에 걸리는 것이 딱 한 가지 있었다.

안산과 시흥, 화성, 옹진에 걸쳐 이루어진 국토 확장사업인 이 방조제 공사는 1994년 완성된다. 그러나 제대로 된 하수처리장을 갖추지 않고 시작했기 때문에 여러 하천에서 오염된 물이 시화호로 흘러들어 시궁창으로 변하고 시화호 주변은 악취가 가득하여 농업용수로 사용할 수가 없게 되어 수차례에 걸친 환경 개선사업이 펼쳐진다.

이런 일을 번연히 알면서도 그냥 묵과하기에는 양심이 허락지 않아 태호는 이를 공사 시작부터 반영하기 위해 정부에 이의 시정을 건의할 생각을 했다. 그러나 동가홍상(同價紅裳)이라고 생색을 내기로 하고 아침부터 비서실을 통해 전화를 걸도록 했다.

민정당 대표실이다. 전 통에게 직접 연락을 취할 수도 있었으나 기왕이면 차기 실력자에게 미리 잘 보이기 위해서라도 노태우 대표를 택한 것이다. 아무튼 비서실의 전화에 그쪽에서도 노태우가 받을 듯하자 태호가 얼른 전화기를 받아 들고 대기했다.

"네, 민정당 대표입니다."

"저 삼원의 김태호입니다."

"네. 하실 말씀이 있다고요?"

"네. 정부의 아주 중요한 일이지만 먹힐 것 같지 않아 대표님께 건의드릴 사항이 있습니다."

"뭡니까?"

"뵙고 말씀드리고 싶습니다."

"그래요? 가만있어 보자. 오늘 일정이 어떻게 되더라?"

"꼭 오늘이 아니라도 됩니다."

"아, 아니오. 오늘밖에 시간이 없으니 저녁 7시 30분에 삼청각에서 뵙는 것으로 하죠."

"미리 예약을 해놓겠습니다."

"고맙소."

곧 통화를 마친 태호는 조 대리를 통해 삼청각에 예약을 해놓도록 했다.

저녁 7시 15분.

혹시 몰라 태호는 15분 전에 도착해 노태우를 기다렸다. 그렇게 기다리길 얼마, 마침내 두 대의 차 중 한 대에서 노태우가 내리자 태호는 급히 그 앞으로 가 먼저 인사를 건넸다.

"뵙게 되어 영광입니다."

"별말씀을."

겸양의 말과 함께 그가 손을 내밀자 태호 또한 그와 손을 맞잡았다. 손을 빼며 그가 말했다.

"정책 건의 같아 스스럼없이 만나는 것이니 이 점 양지해 주시기 바랍니다."

태호는 그가 말하는 뜻을 금방 알았다. 자신의 손으로는 절대 돈을 받지는 않겠다는 말 아닌가. 그래서 태호는 가져온

1억 원을 수행해 온 보좌관에게 이 자리가 아닌 후일 건네기로 하고 알겠다고 말했다.

그리고 둘은 잠시 자신의 비서실장을 상대에게 소개하는 시간을 가졌다. 곧 안내를 자청한 태호는 앞장서서 익숙한 건물로 향했다. 청천당(靑天堂)이라는 독립된 별채였다. 접대를 많이 하다 보니 태호로서는 삼청각 내의 건물 중에 안 가본 곳이 없었다.

아무튼 일행이 별채 가까이 가자 한복을 곱게 차려입은 마담 이하 네 명의 가인(佳人)이 대문까지 마중 나와 있다가 정중히 맞았다.

"어서 오세요, 대표님, 부회장님!"

그것이 다였다. 이곳의 마담쯤 되면 그 자부심이 대단했다. 따라서 아무리 고관대작이 와도 품위를 잃지 않았고, 아무리 낮은 사람이 와도 시쳇말로 깔보지 않았다.

곧 안내하는 마담을 따라 넷은 그 뒤를 따랐고, 그 뒤로 또 네 명의 가인이 따랐다. 그렇게 별채 안으로 들어가니 병풍이며 가야금 등 모든 집기가 예스러움을 느끼게 했다.

교자상을 다닥다닥 붙인 위에 흰 모조지를 깔아 정갈함이 느껴지는 긴 탁자를 사이에 두고 네 사람이 마주 앉자 가인들 역시 마담의 사전 지시대로 한 사람씩 곁에 앉았다. 이에 태호가 노태우를 향해 물었다.

"무슨 술로 하시겠습니까?"

"나는 시바스 리갈이 좋더구먼."

"18년산."

"네."

그다음은 자동이었다. 사전 주문대로 풀코스의 음식이 줄줄이 나오기 시작했다. 풍성한 기본 밑반찬을 시작으로 임금님의 수라상에나 올랐다는 타락죽, 화채를 시작으로 줄줄이 음식이 나오기 시작했다. 물론 주문한 술도 나왔다.

가인들이 따르기 전 태호가 얼른 자리에서 일어나 말했다.

"제 술 한잔 받으시죠."

"그럽시다."

곧 노태우가 정중히 따르는 술을 받고 자신도 태호에게 한잔을 따라주었다. 그러자 양 비서실장도 서로의 잔에 술을 채워주었다. 이렇게 몇 순배의 술이 돌자 태호가 본론을 꺼냈다.

"제가 대표님을 뵙자고 한 것은 다름이 아니라 시화호 설계 건에 대해서 말씀드릴 것이 있어서입니다."

"허허, 그런 일로 나를 보자고 한 사람은 당신이 처음이오."

어이가 없다는 듯한 노 대표의 말에 아랑곳없이 태호가 바로 말했다.

"만약 설계 그대로 공사가 진행된다면 조성된 지 채 3년도 못 되어 시화호는 이른바 '죽음의 호수'로 바뀌어 환경오염의 대명사로 일컬어지게 될 것이고, 이는 여론의 뭇매를 맞는 정도가 아니라 나라의 큰 근심이 될 것입니다."

이렇게 운을 뗀 태호는 조목조목 설계상의 잘못을 지적하기 시작했다.

"첫째, 시화호로 유입되는 자연수에 비해 호수의 용량이 너무 커서 호수 안에서 제대로 순환되지 않아 유입된 오염 물질이 대부분 호수 밑에 쌓일 것입니다. 둘째, 호수 유역이 공단 및 시가지로 개발됨으로써 오염된 하천 물이 유입되어 수질 오염이 더욱 심해질 것입니다. 셋째, 공단 유역에서 발생하는 강우(降雨)를 배수하기 위해 설치한 공단 토구와 공장의 폐수관이 연결되어 토구를 통해 많은 양의 폐수가 호수로 유입될 것입니다. 넷째, 안산 하수처리장의 용량이 너무 부족하여 유입되는 폐수의 일부가 그대로 시화호로 방류될 것입니다."

"허허, 그렇게나 많은 오류가 있소?"

"전문가들을 동원해 제 말을 참고로 다시 한번 검토해 보라 하십시오. 모든 것이 사실로 밝혀질 것입니다."

"허허, 거참, 김 부회장이 그런 면에도 해박한 지식을 가지고 있을 줄은 몰랐군. 그렇다면 그 대책도 있을 것 아니오?"

"제가 이미 그 원인을 제시했으니 그 원인을 제거하거나 바로잡으면 되는 것이죠. 만약 곤란하다면 최소한 이것만이라도 보완을 해야 합니다."

"그게 뭐요?"

"하수처리장 시설을 지금보다 서너 배 규모로 더 키우고 갈대 공원 등을 조성해 수질 개선에 힘써야 할 것입니다."

"좋소. 내 당 내에 먼저 전문가로 구성된 시화호 테스크 포스(Task Force)를 꾸려 김 부회장의 말을 검토해 보라 지시하겠소. 해서 만약 그것이 김 부회장의 지적대로라면 대통령 각하께 직접 건의해 바로잡도록 하겠소이다."

"감사합니다."

"감사하긴요. 내가 진정 감사할 일이죠. 만약 김 부회장의 지적대로라면 국회, 아니, 민정당에서 한 건 한 꼴이 되니 그만큼 대표의 위상이 올라갈 것 아니겠소? 하하하! 생각만 해도 즐거운 일이군요."

빙긋 웃는 것으로 화답한 태호가 술병을 집어 들고 말했다.

"그런 의미에서 제 잔 한 잔 더 받으시지요."

"좋지요."

이렇게 술자리는 더욱 화기애애해진 가운데 태호는 아무런

청탁도 하지 않았다. 그러자 의아한지 노 대표가 물었다.

"혹시 내게 부탁할 것이라도 있소?"

"없습니다."

"하하하! 이런 자리라면 내 얼마든지 초대에 응할 텐데 말이야."

"그러게나 말입니다, 대표님."

대표 비서실장이 맞장구를 치는 가운데 노 대표가 이젠 태호에게 한잔을 따라주며 물었다.

"혹시 정가에 입문할 의향은 없소?"

"전혀, 전혀 없습니다, 대표님!"

"없으면 없는 것이지 그렇게 정색할 필요가 있나? 하하하!"

태호 또한 빙그레 따라 웃는 가운데 술자리는 더욱 무르익어 갔다.

*   *   *

다음 날.

생각보다 노 대표의 술이 셌기에 태호는 숙취로 괴로워하면서도 새벽 4시에 일어나 영어 과외 등 평소와 다름없이 모든 일정을 진행하기 시작했다.

오전 8시.

비서실장이자 정보이사 정태화가 추가로 정보 요원 100명을 선발해 그룹 전체에 배치했다는 보고가 막 끝나자 상사의 김현구 사장이 들이닥쳤다.

차 한 잔을 주문하고 그와 마주 앉자 그가 바로 입을 뗐다.

"중공에 입국했던 팀원들의 보고가 있었습니다. 그곳에서 국영기업체 간부들은 물론 공산당 간부들로부터 놀랄 만한 환대를 받았다는 겁니다."

"그 이유가 뭐요?"

태호의 질문에 김 사장이 곧 답변했다.

"자신의 나라에 투자를 해달라는 것이죠."

"그래서?"

"그렇게 하자면 북경에 먼저 우리의 지사가 설치되어야 모든 일이 순조롭게 진행된다고 답변했답니다."

"그들의 답변은?"

"난색을 표하며 북경은 곤란하고 북경에서 먼 상해나 복주 등은 설치할 수 있으나, 그것도 삼원그룹의 정식 지사가 아니라 홍콩 지사를 통해 했으면 하는 의향을 비치더랍니다."

"우리나라는 참으로 기업을 운영하기 힘드오. 정치는 정치대로 기업의 발목을 잡고, 나라는 나라대로 반토막이 나 운신의 폭이 제한되니 말이오. 요는 중공과 우리가 수교가 안 된 상태에서 대한민국을 대표하는 기업 중의 하나인 삼원의 지사를 내줄 수 없다는 말이군."

"그래서 변형을 제시하는 거고, 고무적인 이야기도 있습니다."

"그게 뭐요?"

"홍콩에 별도 법인을 세운다면 그를 통해 삼원그룹의 실세를 공산당 차원에서 정식으로 초청하고, 지사 설립은 물론 합작 법인 등 여러 안건을 논의할 수 있다는 제의도 저들이 먼저 했답니다."

"흐흠! 요는 삼원그룹을 탈색시킨 홍콩 법인을 먼저 세우라는 말이군."

"그렇습니다. 그렇게 되면 초청도 훨씬 쉬워질 것이라 했습니다."

"좋소. 기왕이면 '칠원(七元)'이라는 상호로 홍콩에 별도 법인을 신속히 세우도록 하시오. 그 과정에서 법무 팀의 조력을 받는 것 잊지 않도록 하고."

"네, 부회장님!"

"히타치와의 협상은 어찌 되어가고 있소?"

"큰 원칙은 세워졌으니 조만간 저들이 실무진으로 구성된 실사단을 파견할 거랍니다."

이 말을 들은 태호는 여전히 자리에 남아 있는 비서실장을 불렀다.

"비서실장님."

"네."

"가전 공장 지을 터를 알아봐야겠으니 지금 즉시 삼원개발 사장을 부르도록 하세요."

"네."

답한 비서실장 정태화는 바로 자리에서 일어나 집무용 책상 위의 전화기를 집어 들었다. 그 모습을 보며 태호는 김 사장에게 다시 시선을 주었다.

"남아공 앵글로 아메리칸에서 정식 초청장이 도착했는데 어찌할까요?"

"흐흠!"

잠시 생각에 잠겨 있던 태호가 답했다.

"이렇게 하죠. 빠른 시일 내에 홍콩 법인을 세워 중국부터 방문하는 것을 시작으로 해외 순방에 나설 수 있도록."

"알겠습니다, 부회장님."

그동안 통화를 끝낸 비서실장 정태화가 본래의 자리로 돌아오며 말했다.

"바로 출발하겠답니다."

알겠다는 듯 고개를 끄덕인 태호가 다시 상사의 김 사장을 바라보자 그가 말했다.

"오늘의 보고는 여기까지입니다."

"알겠습니다. 내가 지시한 사항을 신속히 이행하도록 하세요."

"네, 부회장님."

곧 그가 나가자 태호는 새로 맡은 김재익 부회장이 관리하던 곳의 업무를 파악하기 위해 반도체 및 컴퓨터, 라면, 호텔 및 백화점의 최고 수뇌를 부르도록 했다. 그리고 그는 막간을 이용해 밀린 결재 서류를 처리하기 시작했다.

그렇게 30분이 지나자 삼원개발 이대환 사장이 들어왔다. 주지하다시피 이 사람이야말로 그룹 내부의 숨은 실세로 금고지기 내지는 이 회장의 복심으로 통하는 노인이었다.

"격조했습니다, 부회장님."

"아, 네. 여전히 건강해 보이시니 보기에 좋습니다."

"아무래도 나이는 속일 수 없는지 해마다 다릅니다."

"겸양의 말씀. 오늘 제가 사장님을 모신 이유는 다름 아니라 대단위 가전제품 공장을 하나 설립하려는데 어느 곳이 좋을까 해서입니다. 적당한 곳이 있으면 좋겠지만, 정 마땅한 곳이 없으면 충북 도지사에게 건의해 제4공단 건립 문제를 상의해 보시죠. 제3공단은 이미 포화 상태라 말이죠. 우리가 사용할 부지가 최소 50만 평은 될 것이니 이를 참고해 주시기 바랍니다."

"그렇게나 크게 짓습니까?"

"물론 순차적으로 사용할 것이나 50만 평을 채우는 데 채 3년이 걸리지 않을 것 같습니다. 이렇게 되면 차라리 100만 평을 조성해 우리의 전용 공단으로 삼는 것도 괜찮을 것 같습니다. 물론 이렇게 되면 문제가 인력 수급입니다. 대규모 인력 채용이 불가피할 것이고, 이는 부근의 여유 노동력을 블랙홀처럼 빨아들여 인건비가 상승하지 않을까 하는 걱정도 있습니다."

"그 문제는 대규모 기숙사 건립으로 해결 가능하다고 봅니다."

"물론 그런 대안이 있겠지만 그렇게 되면 더 많은 용지를 필요로 하게 될 겁니다."

"차제에 부회장님 말씀대로 전용 공단을 조성해 달라 나라에 부탁하되 기숙사 및 사원용 아파트를 감안해 200만 평을 조성해 달라는 것은 어떻겠습니까?"

"하하하! 저보다 배포가 더 크실 줄은 몰랐습니다."

"부회장님의 말씀을 듣고 보니 그런 생각이 들어서요."

"문제는 그 비용 아니겠습니까?"

"듣자 하니 어느 나라는 공짜로 공장 터를 제공하는 것은 물론 그 앞까지 도로로 개착해 주고 법인세도 몇 년간 유예해 준답니다. 그러니 우리나라도 이런 사례를 들어 파격적으로 공단을 건립해 달라고 건의해 볼 필요가 있습니다."

"하하하! 사장님이 외국 사례에도 밝으실 줄은 몰랐군요."

"매일 신문도 꼼꼼히 읽고 이곳저곳에서 귀동냥도 하다 보니……."

이 연세에도 쑥스러워하는 이 노인을 보노라니 태호로서는 '이 노인이 정말 그렇게 치밀할까?' 하는 생각이 들었다.

대화를 하다 보니 이젠 처음의 계획대로가 아닌 산으로 가게 생겼다. 그래서 태호가 말했다.

"200만 평 정도가 되면 우리가 구하는 것보다 나라에 정식 건의해 우선 그들의 답변을 들어보고 그들의 대답이 부정적일 때 움직이는 것이 좋겠습니다."

"나름 물색해 놓았다가 저들이 노라 답하면 바로 움직일 수 있도록 준비는 철저히 해놓겠습니다."

"하하하! 역시 치밀하십니다."

"별말씀을."

여기에서 태호는 은근한 말투로 이 사장에게 물었다.

"혹시 여유 자금이 있습니까?"

"아무리 부회장님이지만 회장님의 명이 있기 전에는 노코멘트 하겠습니다."

내심 서운했지만 그 표정을 드러내지 않기 위해 태호는 빠르게 다음 대화를 이어나갔다.

"좋습니다. 있는 것으로 가정하고 말씀드리겠습니다. 만약 여윳돈이 있다면 일산, 아니, 고양군과 분당에 묻어두십시오."

"회장님께 듣기로 예지능력이 아주 탁월하다 듣고 있습니다. 혹시 개발 예정지입니까?"

태호는 가타부타 답을 하는 대신 정 비서실장에게 두 곳의 상세 지도를 가져오게 해 몇 군데에 동그라미를 그렸다. 그리고 시침 뚝 떼고 먼 산을 바라보니 이 사장이 가가대소하며 말했다.

"하하하! 회장님과 상의해 보도록 하겠습니다. 그리고 먼저 감사의 인사를 드리겠습니다. 부회장님께서 직접 회장님께 건의드려도 될 것을 제 입을 통하게 하시니 이는 저를 배려하심이라 크게 감격하고 있습니다."

"하하하! 저는 단지 동그라미만 몇 개 그린 것밖에 없습니다."

"그래도 저는 고맙기만 합니다."

"하하하!"

둘의 중요한 대화는 여기까지였다.

이후는 보다 중요도가 떨어지는 이야기가 10분 정도 더 진행되다가 그는 물러갔다.

　　　　*　　　　　*　　　　　*

　이대환 사장이 물러가자 비서실 직원에 의해 안내되어 들어온 사람은 뜻밖에도 아내 이효주였다.

　"부르셨습니까, 부회장님?"

　상식이 있는 여인이다 보니 공식 석상에서는 남편의 공식 직함을 부르며 부른 용건을 묻는 아내 효주였다.

　"네, 거기 앉아요."

　효주를 소파 맞은편에 앉힌 태호는 새삼 방 안을 둘러보는 효주에게 물었다.

　"백화점과 호텔의 매출은 어떻습니까?"

　"부회장님의 선견지명으로 강남에 먼저 자리를 잡은 것이 주효했습니다. 듣기로 현대도 우리가 먼저 백화점을 건립하자 강남 백화점 건립을 백지화했답니다. 물론 다른 유통 업체가 한 곳 있긴 합니다만, 백화점은 우리 것 하나뿐이다 보니 매일 문전성시를 이루다시피 합니다. 호텔 또한 매달 80% 이상의 객실이 나가니 호황이라 할 수 있죠."

　"좋습니다. 서귀포 호텔 건립 건에도 신경을 쓰고 있습니까?"

　"네. 최소 2주에 한 번은 출장을 가서 제 의견을 반영시키고 있습니다. 이 문제가 거론됐으니 공식적으로 건의합니다.

낮 시간 동안 일을 보고 최소한 저녁때까지는 돌아와야 하니 너무 일정이 빠듯합니다. 따라서 좀 더 여유 있게 업무를 볼 수 있도록 늦은 귀가도 허락해 주시기 바랍니다."

"그 문제는 못 들은 것으로 하겠습니다."

"네?"

그럴 줄 몰랐다는 듯 눈이 커지는 효주 때문에 대소를 터뜨린 태호가 말했다.

"하하하! 9시까지 귀가를 허락합니다. 좀생이 남편이라는 소리 듣기 싫어 허락하는 것이니 알아서 하십시오."

"호호호! 솔직해서 좋네요, 부회장님!"

두 사람의 대화를 곁에서 듣고 있던 정 비서실장이 감히 웃을 수는 없고 급히 입을 틀어막고 있는데 태호가 말했다.

"백화점을 하나 더 건립한다면 어디가 좋을 것 같습니까?"

"그 문제는 아직 생각해 보지 않았습니다."

"책임 있는 자리에 있는 사람은 항상 미래에도 눈을 두고 있어야 합니다. 따라서 저는 일산과 분당을 추천합니다."

"일산이라니요? 그런 지명도 있습니까?"

"상세한 것은 삼원개발의 이 사장과 논의하십시오."

"여보, 당신이 직접 알려주면 안 될까요?"

"푸하하하!"

효주의 갑작스러운 말투와 애교 공세에 지금까지 억지로 참고 있던 정 비서실장의 웃음이 폭발하고 말았다. 그런 그가 신속히 두 사람에게 사과했다.

"죄송합니다. 두 분이 말씀 나누시는데."

"나도 저 사람의 말에 웃음이 나왔는걸요."

두 사람의 대화를 배시시 웃음 띤 얼굴로 바라보던 효주가 말했다.

"여보, 귀 좀 빌려줘요."

태호가 무슨 수작인가 의아해하면서도 상체를 숙여 탁자 위로 내미니 역시 같은 자세를 취한 효주가 태호의 귀에 대고 속삭였다.

"여보, 제게 직접 알려주시면 오늘 저녁 내내 치마 속에 아무것도 입지 않고 있을게요."

이 말을 들은 태호가 그녀의 귀에다 대고 물었다.

"정말? 노팬티로?"

"응."

정색을 하고 끄덕이는 효주가 그렇게 우스울 수 없어 태호가 갑자기 배를 잡고 웃는데 효주의 색공(色攻)과 아양이 계속되었다.

"아잉, 정말 여보!"

몸마저 흔들며 아양을 떠는 효주를 더 이상 못 보겠는지 정 비서실장이 고개를 돌리자 태호가 그녀의 귀에다 대고 속삭였다.

"오늘 밤 당신 하는 것 봐서."

"알았어, 여보. 약속!"

엄지까지 내밀며 도장까지 찍자고 덤비는 효주를 향해 태호
는 전생에서 유행하던 복사 방법까지 친절히 알려주고 그것까
지 행했다.

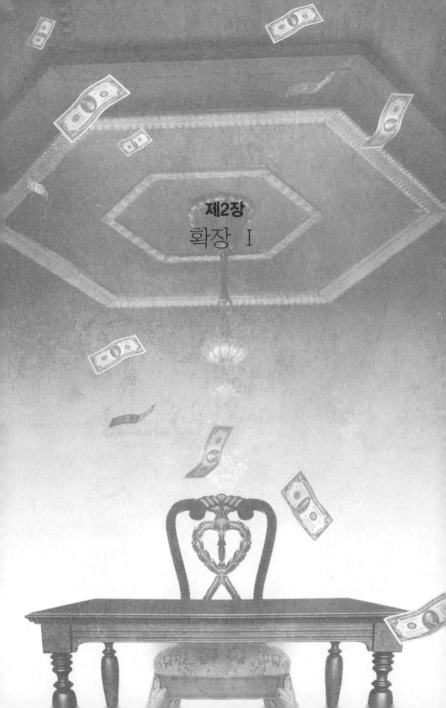

제2장
확장 Ⅰ

효주의 간청에 의해 입술 도장까지 찍고 내보낸 태호는 곧 라면 부사장을 불러들였다. 태호가 맡고 있던 각 사는 사장을 임명해 관리해 온 것과 달리 김재익 전 부회장은 부사장 체제로 꾸려오고 있었다. 따라서 라면도 부사장이 최고 수뇌였다.

아무튼 태호는 신라면을 개발한 공으로 부사장 지위에 올라 전부터 친분이 있는 홍찬주 박사를 맞은편 소파에 앉혀놓고 질문을 던졌다.

"요즘 매출은 어떻게 됩니까?"

"우지 파동으로 치명타를 당한 양 사도 지금은 재기해 양 사 합쳐 시장 점유율이 30%에 이릅니다."

"우리가 10%를 빼앗겼다는 이야기군요."

"그렇습니다."

"신제품으로 개발하고 있는 것은 없습니까?"

"아직은 가시적인 성과를 낸 것이 없습니다."

홍 부사장의 대답에 태호가 정색을 하고 말했다.

"지금 조금 잘나간다고 안주하고 있는 것입니까?"

"그, 그렇지는 않습니다만……."

"지금과 같이 안주해 있다가는 금방 따라잡힙니다. 그러니 연구 개발에 집중 투자해 신제품을 계속 시장에 쏟아내야 합니다. 일례를 든다면 짜파게티라는 짜장을 대신하는 제품이 있다면 짬뽕 라면의 개발도 할 수 있는 것 아닙니까?"

"그, 그렇습니다."

"해물탕 라면이라든지, 하여튼 계속 신제품을 쏟아내 지금과 같이 경쟁사를 압도해야 합니다."

"명심하겠습니다, 부회장님!"

"더하여 한국 시장에만 안주하지 말고 16억 무슬림을 겨냥한 할랄 푸드(Halal Food)도 개발하고, 시장 개척도 삼원상사와 함께 힘을 쏟아야 합니다."

"확실히 부회장님의 안목은 범인의 상상을 초월하십니다."

"지금 그런 소리 듣자고 한 것이 아니니 제가 한 이야기 각별히 명심하여 세계 으뜸가는 기업이 되도록 하세요. 해서 소기의 성과가 나오면 반드시 홍 부사장님을 사장에 보임토록 하겠습니다."

"발분(發憤)하여 제 출세가 아니더라도 이 분야의 으뜸가는 기업이 되도록 최선을 다하겠습니다."

"기대하겠습니다."

"네."

"제 이야기는 여기까지. 하실 말씀이 있으면 하시죠."

"라면사업도 현지 공장을 세워 직접 그 나라의 시장에 출하하는 방법은 어떻겠습니까?"

"아니래도 그 말씀을 드리려다 만 것은 어느 정도 진척이 되어야 이야기하려 한 면이 있습니다. 예를 들면 중공 라면 시장에 뛰어들 계획도 있으나 현지에서 어떻게 생각할지 몰라 운도 떼지 않은 것입니다. 하지만 기왕 말이 나왔으니 할랄 제품 개발은 물론 중공인의 입맛도 사전에 치밀하게 분석할 필요가 있겠죠."

"지금부터라도 그에 대비함은 물론 최소한의 연구는 진행해 놓도록 하겠습니다."

"기대하겠습니다."

"네."

"오늘은 여기까지만 하겠습니다."

"네, 부회장님."

곧 홍찬주 박사가 나가자 두꺼운 안경알이 끼워진 갈색 뿔테 안경을 쓰고 유난히 구레나룻이 무성한 백인 하나가 들어왔다.

김재익 전 부회장이 영입한 테드 호프(Ted Hoff) 부사장이었다. 테드 호프는 스탠퍼드 대학에서 반도체를 연구하다가 인텔이 설립되자 곧 이 회사에 입사한 엔지니어로 김 부회장의 말에 따르면 겸손한 성격의 소유자라 했다.

1971년 인텔은 최초로 4비트 마이크로프로세서인 인텔 4004를 출시했다.

인텔 4004는 초기 클록(Clock) 속도 108KHz, 트랜지스터 수 2,300개, 제조 공정 10μ, 에니악(ENIAC)과 동일한 연산 능력을 지녔다.

인텔이 선보인 세계 최초의 마이크로프로세서는 우연한 기회에 발명되었다. 탁상용 전자계산기를 만드는 일본 전자회사 비지컴(Busicom)이 복잡한 계산을 전담할 작은 전자 칩을 개발해 달라고 인텔에게 의뢰했기 때문이다.

인텔은 테드 호프(Ted Hoff) 박사에게 이 개발을 맡겼고, 그는 새로운 형태의 마이크로 칩을 생각해 냈다. 이는 연산 기능뿐 아니라 램과 롬까지 하나의 프로세서 안에 집적해 컴퓨터가 수행해야 하는 여러 가지 일을 하나의 칩에서 가능하게 끔 하는 획기적인 아이디어였다.

테드 호프는 초기의 아이디어와 작업에 관여했지만 마이크로프로세서를 완성한 사람은 페데리코 파긴(Federico Faggin)이었다. 페데리코 파긴은 이전에는 존재하지 않던 실리콘 게이트(Silicone Gate)를 기반으로 한 새로운 디자인 방법과 4004 프로세서가 한 칩 안에서 구현될 수 있도록 디자인 혁신에도 기여했다.

아무튼 위와 같은 경력의 소유자로 한국 나이로 금년 49세인 테드 호프는 한국말을 전혀 모르기 때문에 항상 통역원과 함께 움직이고 있었다. 따라서 두 사람이 대화를 나누는 데는 전혀 지장이 없었다.

"아직 공장을 짓고 있는 중이니 한국에서 크게 하실 일은 없을 것입니다만, 연구 성과는 좀 있었습니까?"

"아직 뚜렷한 진전은 없습니다."

"내가 알기로 미국 내 연구 시설이 아직은 부실한 것으로 아는데, 그게 영향을 미치고 있는 겁니까?"

"없다고 할 수도 없습니다."

"흐흠……."

그의 답변에 침음하며 생각에 잠긴 태호가 답했다.

"머지않아 국내 연구소도 대규모로 설립될 것이고, 미국 내 연구실도 대폭 확충할 것을 약속하겠습니다. 최소 한 달 내에 외국 순방길에 오를 것입니다. 그때 나와 함께 실리콘밸리에 들러 조금 비싸게 주는 한이 있더라도 땅부터 매입하여 연구소부터 최신 설비와 함께 쾌적한 환경에서 근무할 수 있도록 합시다."

"감사합니다, 부회장님!"

태호는 말이 아니라 행동으로 보여주기 위해 이 자리에 배석하고 있는 정 비서실장에게 바로 지시했다.

"미국 정보원 중 일부를 곧바로 실리콘밸리로 보내 적당한 매물을 수소문케 하십시오. 또한 상사의 김 사장에게도 지시해 로스앤젤레스나 샌프란시스코에 주재하고 있는 상사원 중 이 분야에 밝은 자가 있다면 함께 움직이도록 지시를 내려주세요."

"알겠습니다!"

"자, 오늘은 여기까지 합시다. 하고 하실 말씀이나 애로 사항이 있으면 언제든 저를 찾아주십시오."

"감사합니다, 부회장님."

이렇게 하루가 가는가 싶었는데 퇴근 시간 무렵 집무실 문을 두드리는 사람이 있었다. 곧 들어오라 하니 뜻밖에도 비서실장 정태화였다. 무슨 일이냐고 태호가 눈으로 묻자 그가 아예 안으로 들어오며 말했다.

"보고드릴 것이 있습니다."

"그럼 그쪽 소파에 앉으세요."

"네."

태호 또한 자신이 앉아 있던 의자에서 일어나 소파로 가서 그와 마주 앉았다.

"휴렛팩커드사에서 합작을 논의하기 위한 실무진을 내일 파견한다는 연락이 왔습니다. 그리고 애플의 스티브 잡스는 자신이 고용한 존 스컬리와의 내분 끝에 해임되어 애플을 떠난 상태로 현재 무직 상태로 있는 것으로 파악되었습니다."

"그래요? 스티브 잡스를 어떻게든 붙들어야 하는데……."

혼잣말처럼 중얼거린 태호가 서둘렀다.

"정보원에게 지시해 스티브 잡스를 우리 그룹이 초청한다고 전해주세요. 초청 이유는 우리의 신생 반도체 및 컴퓨터사업의 사장 자리를 맡아주던지, 그것이 싫으면 새로운 합작사를 설립해 함께 운영하자는 제의라고 전해주세요."

"부사장의 말씀을 들으면 대단한 사람 같은데, 정말 그렇게 대단한 인물입니까?"

"그에 의해 휴대폰 시장이 크게 한번 출렁일 것이니 어떤 이유를 대든 내가 만나볼 수 있도록 해주세요."

"네, 부회장님."

"마이크로소프트사는요?"

"아직 그곳은……."

"정 그렇다면 그 회사가 나스닥에 상장되었는지 아닌지만 파악해 주세요. 그것은 금방 될 수 있겠죠?"

"물론입니다."

"좋습니다. 그나저나 내일 출발한다는 휴렛팩커드사의 인물들을 맞을 준비부터 하는 것이 급선무이겠습니다."

"그렇습니다, 부회장님."

"히타치도 그렇고 휴렛팩커드사를 생각해도 전자에 밝은 인물을 국내에서 찾을 수 있으면 좋겠는데 말이오."

"한번 알아보도록 하겠습니다."

"좋습니다. 자, 오늘은 이만 퇴근하는 것으로 하죠."

"네, 부회장님."

곧 둘은 자리에서 일어나 두 사람 때문에 퇴근을 못 하고 기다리는 사람들이 있는 비서실로 향했다.

곧 경호원들과 함께 지하 주차장으로 내려온 태호는 집으로 가려던 생각을 바꾸어 강남 삼원백화점으로 갈 것을 지시했다. 머지않아 백화점에 도착하자 태호는 곧장 란제리 매장으로 갔다.

민망했지만 태호는 그럴수록 더 당당하게 행동하기로 마음먹고 몇 가지 제품을 보여달라 했다. 즉, 가터벨트와 푸시 업 브라, T팬티, 그리고 목둘레가 파이고 어깨끈이 있는 짧은 속옷인 캐미솔 등이다.

그러자 귀엽게 생긴 얼굴에 주근깨가 있는 여점원은 태호가 누구 것을 사는지 잘 아는 까닭에 효주의 몸매에 맞추어 주문한 여러 색깔의 제품을 진열대 위에 올려놓았다.

이에 태호는 망설이지 않고 모두 담으라고 해놓고 물었다.

"일곱 색 T팬티도 있습니까?"

"네. 요일별로 다른 색깔을 입을 수 있도록 한 제품도 있어요."

"그중 한 색깔만 빼고 그것으로 주세요."

"네?"

괴상한 주문에 반사적으로 물은 여점원은 곧 실례임을 깨닫고 얼른 행동에 옮기기 시작했다.

그렇게 해 쇼핑을 마친 태호가 곧장 집으로 오니 거의 6시가 다 되었다. 전화도 없이 늦었기에 태호는 현관문을 열자마자 소리쳤다.

"여보, 나 왔소!"

그러나 효주는 어디 있는지 대답이 없었다.

직감적으로 화가 난 것을 알았지만 태호는 태연하게 부부 침실로 향했다. 손에는 쇼핑백을 두 개씩이나 들고. 아니나 다를까, 효주는 태호가 들어와도 돌아보지 않았다.

침대에 엉덩이를 걸친 채 외면하고 있는 그녀를 향해 태호가 물었다.

"화났소?"

"몰라요."

여전히 등을 돌린 채 톡 쏘는 그녀를 향해 태호가 말했다.

"이것 봐. 이게 뭔지."

비로소 등을 돌리는 효주의 눈이 반짝였다. 태호는 빙긋 웃으며 그녀에게 가까이 걸어가 쇼핑백을 그녀의 손에 들려주며 말했다.

"무엇이 들어 있는지 꺼내봐요."

그러나 여전히 화가 덜 풀렸다는 것을 과시하기라도 하듯 효주는 쇼핑백 두 개를 내용물도 보지 않고 침대에 한꺼번에 쏟아놓았다.

"어머나! 이게 다 뭐예요?"

하나씩 들춰보던 그녀가 얼굴을 붉히며 말했다.

"창피하게 이 T팬티는 뭐고, 가터벨트는 또 뭐예요?"

"당신이 그걸 입으면 더욱 예쁠 것 같아서."

"아무리 그래도 그렇지, 부끄럽잖아요."

"노팬티로 있겠다는 사람이 그까짓 걸 가지고 뭘 그래?"

"몰라욧!"

"어디 입었나, 안 입었나 볼까?"

"아, 안 돼요!"

말과 함께 도망치려던 효주는 몇 발짝 움직이지도 못하고 태호에게 잡혔고, 정말 그녀는 자신의 말대로 행했음을 입증했다. 이 과정에서 효주가 비명을 지르고 난리를 피우는 바람에 둘은 결국 침대 위에 쓰러져 꼭 끌어안는 자세가 되었다.

그런 자세에서 태호가 그녀에게 물었다.

"문 잠그고 올까?"

"안 돼요. 아줌마가 곧 저녁 먹으라고 부를 거예요."

"좀 늦게 먹는다고 하지, 뭐."

"그러지 말고 어서 그 위치나 알려주세요."

"이거 남편보다 땅에 더 관심이 있는 거 아니야?"

"호호호, 그래요."

"그렇단 말이지?"

곧 태호가 간지러움을 태우기 시작하자 예민한 효주는 금방 항복을 선언했고, 태호는 그런 그녀의 입술에 가볍게 뽀뽀하는 것으로 장난을 끝냈다. 그리고 자신이 약속한 대로 고양과 분당의 구체적인 지점을 알려주었다.

그러자 볼일 다 봤다는 듯 태호가 사준 속옷을 하나하나 챙기고 있던 그녀가 물었다.

"여보, 그런데 왜 T팬티는 여섯 색깔이에요? 일주일에 하나씩 갈아입을 수 있도록 무지개 색깔이면 몰라도."

"일요일은 속옷 갈아입는 것도 쉬라고."

"냄새 나요."

"때로는 그 냄새가 성욕을 자극하는 것 몰라?"

"별게 다 성욕을 자극하네요. 안 그래도 요구가 많은 사람이."

"그건 다 당신 때문이야."

"뭐가 저 때문이에요?"

"당신이 너무 사랑스러우니까."

"정말?"

"물론이지."

"좋았어. 당신, 얼른 문 잠그고 와요."

여자가 이렇게 강하게 나오면 오히려 몸을 사리는 것이 남자들의 생리.

태호가 사양하기 위한 말을 하려는데 때마침 가정부 아주머니의 '식사하세요!'라는 말소리가 들려왔다. 태호를 위기(?)에서 구원하는 목소리였다.

"들었지?"

"쳇! 식사나 하러 가요."

둘은 곧 나란히 손을 잡고 주방으로 향했다.

다음 날 아침.

업무가 시작되자마자 비서실장 정태화가 태호의 방으로 찾아들었다. 둘이 마주 앉자마자 정태화가 말했다.

"마이크로소프트사는 아직 나스닥에 상장되지 않은 것으로 밝혀졌습니다."

"잘됐군요."

"특별히 마이크로소프트사에 관심을 갖고 계신 이유라도 있습니까?"

"세계 초일류 기업이 될 만한 업종을 영위하고 있기 때문이오."

"그럼 우리가 그 사업을……."

"아니오. 이 시점에서는 수단과 방법을 가리지 말고 마이크로소프트사에 접근해 나스닥 상장 전에 그 주식을 손에 넣는 것이 가장 중요하오. 내 판단으로는 나스닥 상장이 머지않아 이루어질 것 같소."

"그렇다면 접근 방법을 강구해야겠군요."

"물론입니다. 일단 정보 요원을 투입해 이 시점에서 마이크로소프트사가 가장 원하는 것이 무엇인가를 파악해 접근할 수 있는 방법을 찾아보도록 하세요."

"알겠습니다, 부회장님."

이때 정태화가 미리 주문을 해놓고 들어왔는지 커피 두 잔이 들어왔다. 곧 커피 한 모금을 마신 정태화가 다시 입을 열었다.

"전자 쪽에 밝은 인물을 찾아보라는 어제의 말씀에 의거해 수배해 보니 설천량(薛天亮)이라는 인물이 있었습니다. 대한전선 가전 부문 사장을 역임한 인물로, 작년에 가전 부문이 대우로 넘어간 이래 비탄에 잠겨 시골에서 은둔 생활을 하고 있다는 정보입니다."

"빨라서 좋습니다."

빙긋 웃은 비서실장이 계속해서 말했다.

"금년 46세로 서울대학교 상과대학 상학과(경영학과)를 나와 미국 텍사스 주립대학교 경영대학원에서 경영학 석·박사를 취득한 인물입니다."

"문제는 패장(敗將) 아니오?"

"한번 실수를 범했기 때문에 그것을 거울삼아 더 잘할 수도 있지 않겠습니까?"

"사물은 보기 나름이라는 말이군."

잠시 생각에 잠겼던 태호가 다시 말했다.

"일단 한번 만나봅시다."

"알겠습니다. 바로 접촉을 시도해 보도록 하겠습니다."

"그렇게 하세요."

다시 커피를 한 모금 마신 비서실장이 곧바로 입을 떼었다.

"휴렛팩커드사의 실무 요원들이 오늘 저녁 6시 비행기로 출발한다는 보고를 받았습니다."

"그럼 언제 도착하는 거죠?"

"도쿄를 경유해 오므로 12시간 30분 걸린답니다. 그렇게 되면 내일 10시 30분이면 김포공항에 도착할 것 같습니다."

"마중을 나가야겠군요."

"그렇습니다. 단, 부회장님이 직접 가시는 것보다는……."

"아니오. 중요한 거래인데 어찌 그럴 수 있소. 이쪽에서도 성의를 보여야지요."

"정 그러시다면 준비하도록 하겠습니다."

"네."

곧 차를 마저 마신 그가 나가자 태호는 식은 커피를 마저 마시고 회장실로 직행해 현안을 보고하기 시작했다.

*　　　*　　　*

이날 오후 2시.

노크 소리와 함께 정 비서실장이 들어왔다. 그를 보자마자 태호가 대뜸 물었다.

"갔던 일은 어찌 됐습니까?"

"장장 한 시간여에 걸쳐 설득했으나 패군지장이 무엇을 할 수 있겠느냐며 고사하는 바람에 뜻을 이루지 못했습니다."

"가까운 모양입니다."

"네. 여기서 가까운 고양군의 시골 마을에서 칩거 생활을 하고 있었습니다."

"나와 함께 다시 한번 가보십시다."

"지금요?"

"네. 쇠뿔도 단김에 빼랬다고, 일을 놔두고는 못 배기는 성미라서……."

"알겠습니다. 모시겠습니다."

곧 먼저 나간 비서실장이 대기하고 있던 경호원들을 불러 차량 준비를 시키는 것을 시작으로 일행은 함께 움직이기 시작했다.

1시간 30분을 달려 태호 일행은 파주와 접경인 시골 마을에 들어설 수 있었다. 5월의 시골 마을은 모두 논과 밭으로 나가 한적하기 짝이 없었다. 곧 태호는 정 비서실장의 안내로 동네 초입에서 가장 큰 집을 찾아들었다.

그러자 밀짚모자를 쓰고 텃밭에서 일하던 사람이 허리를 펴며 물었다.

"왜 또 왔소?"

"부회장님을 모시고 왔습니다."

"부회장이 오든 말든 뜻이 없다고 했잖소."

이에 태호가 나섰다.

"여기까지 온 성의를 봐서라도 잠시 대화 정도는 나눌 수 있는 것 아닙니까?"

"끙! 좋소, 먼저 대청마루에 올라가 계시오."

"그러죠."

태호와 정 비서실장이 대청마루에 올라가 자리를 잡자, 펌 프질로 물을 길어 대충 손발을 씻은 그가 마루로 올라오며 말 했다.

"집사람도 일하러 나가고, 아무것도 대접할 수 없음을 양해 하시오."

"대접 바라고 온 것은 아니니 걱정 마시고 잠시 대화나 나 눕시다."

곧 세 사람이 대좌한 가운데 태호가 먼저 입을 열었다.

"금번에 우리 그룹에서도 가전 쪽으로 진출하려 합니다. 그 일환으로 일본의 히타치, 미국의 휴렛팩커드사와 합작사를 설 립하기로 하고 금명간 논의가 진행될 겁니다. 그런데 문제는 우리 그룹에 이를 맡길 만한 인재가 없다는 것입니다. 그래서 사장님을 모시고자 이렇게 찾아뵈었습니다."

"비서실장님께 말씀드렸듯 나는 패군지장이오. 그런 몸이 다시 경영 일선에 복귀한다는 것도 우습고, 또 다른 이유 하 나는 기존 우리나라의 내로라하는 기업 모두 진출한 분야가 이 분야인데 그들과 겨루어 이길 자신도 없기 때문에 사양하 는 것이오."

"그건 너무 걱정하지 않으셔도 될 겁니다. 우린 국내시장보다 해외시장에 더 주안점을 두고 있으니까요."

"그건 더 어려운 일 아닙니까? 국내의 승자가 못 되는 기업이 어떻게 해외시장에서 살아남을 수 있겠습니까?"

"일리 있는 말씀이나 후발 주자로서의 핸디캡이 너무 크므로 국내시장 개척보다는 해외시장 개척에 더 중점을 두겠다는 의미입니다."

"흐흠!"

잠시 생각에 잠겼던 설천량이 물었다.

"전자 쪽 분야가 광범위하지 않습니까? 어느 쪽에 중점을 두는 겁니까?"

"히타치와는 가전 부문, 휴렛팩커드와는 전자 측정 기기와 사무기기 및 광학기기 분야의 합작을 논의할 생각입니다."

"흐흠……."

설천량이 또다시 생각에 잠기자 태호가 말했다.

"복수혈전이라는 말도 있듯이 아직 젊은 연배이시니 한번 멋지게 재기해 우뚝 선 모습을 보여주시는 것은 어떻습니까?"

"말미를 좀 주시오."

"내일 10시 30분이면 휴렛팩커드사의 실무진이 도착합니다. 한데 우리는 이 분야 전문가가 없어 곤란을 겪고 있습니다."

"좋습니다. 미거한 저를 찾아 두 번씩이나, 아니, 삼원그룹의 실세라는 분까지 누거(陋居)를 찾아주셨으니 내일부터 출근하는 것으로 하겠습니다. 단, 하위자에 대한 인사권은 제게 주셔야 됩니다."

"물론이죠. 하하하!"

대소하며 태호는 앉은 자리에서 일어나 그에게 손을 내밀며 말했다.

"인사가 늦었습니다. 부회장 김태호라고 합니다."

"말씀 많이 들었습니다. 삼원그룹이 크는 이유는 오로지 김 부회장님의 덕택이라고 재계 모든 사람이 하는 말을 들었습니다."

"과찬의 말씀을."

곧 두 사람은 어떻게 전자 분야를 키울 것인가를 놓고 난상 토론을 벌이기 시작했다. 이에 경호원들이 몰래 하품을 하는 속에서도 그 시간이 계속되니 마침내 밭에 나가 일하고 있던 부인마저 돌아왔다.

이에 설천량의 소개로 태호와 정 비서실장은 그녀와도 인사를 나누게 되었고, 태호의 제의로 설천량은 서둘지 않을 수 없었다.

즉, 교통편을 보아하니 내일 8시에 출근한다는 것이 어려울 것이라 판단한 태호의 제의에 의해 그는 오늘 밤 삼원호텔에서 묵고 내일 바로 출근하도록 했다.

이에 따라 옷장 깊숙이 들어가 있던 설천량의 양복이 급히 내어지고, 일행은 그를 기다리느라 한동안 마당에서 서성거려야 했다. 이렇게 하여 삼원호텔에 도착한 일행은 늦은 저녁을 먹고 헤어졌다.

제3장
확장 II

다음 날 오전 10시 20분.

태호는 전자 사장으로 잠정 내정한 설천량과 비서실장 정태화 및 경호원들을 데리고 김포공항에 마중을 나와 있었다. 물론 휴렛팩커드사의 실무진을 영접하기 위해서였다.

그렇게 기다리길 20분. 마침내 경호원이 들고 있는 피켓을 보고 접근하는 서양인들을 맞게 되니 아시아 담당 부사장 필립을 선두로 한 실무진이었다. 곧 시끌벅적 인사를 나눈 이들은 곧 한 덩어리가 되어 삼원그룹에서 제공하는 승용차에 분승해 타고 삼원호텔로 향했다.

머지않아 호텔에 도착한 일행은 태호의 안내로 오찬장으로 직행하게 되었다. 태호의 지시로 사전 준비가 되어 있는 한 식당의 특실에 도착한 일행은 이때부터 근 한 시간에 걸친 때 이른 오찬 시간을 가졌다.

그리고 오찬이 끝나자 장시간의 비행과 시차 적응을 감안해 내일 오전 10시부터 본격적인 협상을 개최하기로 하고 태호는 호텔을 물러나왔다. 물론 그들은 삼원호텔에 여장을 풀고 휴식을 취하게 되었다.

다음 날 오전 10시.

양측은 삼원 본사 소회의실에서 대좌했다. 삼원그룹 측에서는 태호와 설천량, 그리고 비서실장 정태화와 함께 공식 통역으로 윤 차장이 참석했다. 이에 맞서 휴렛팩커드 측은 아시아 담당 부사장 필립을 위시해 다섯 사람이 참여했다. 그중에는 한국어 통역 요원이 한 명 끼어 있었다.

곧 OEM 방식으로 생산할 것이냐, 아니면 삼원 자사 브랜드로 출시할 것이냐를 놓고 잠시 토론을 벌였으나 이 문제는 쉽게 결론이 났다. 저들이 절대 양보할 사안이 아니기 때문에 삼원 측에서 바로 OEM 방식을 수용하겠다고 답했기 때문이다.

이어 무엇을 합작 생산 할 것인가에 대한 폭 넓은 토론이 벌어졌다. 저들은 컴퓨터 제조도 제의했으나 그것은 이미 타사와 계약이 이루어졌다고 사양하고 다른 분야로 넘어갔다.

결론적으로 전압계, 신호 발생기, 주파수 계산기, 온도계, 표준시계와 같은 전자 계측기 분야의 제품과, 광학기기 분야에서는 쌍안경, 망원경, 현미경, 카메라 등 4종, 사무기기 분야에서는 팩시밀리, 복사기, 계산기 등 3종, 총 12종의 제품을 생산하기로 합의했다.

이어 얼마의 자본금을 양측이 얼마의 지분으로 나눌 것이냐를 놓고 협상에 돌입했다. 협상 결과 자본금을 100억 원으로 하자는 데는 양측의 의견 접근이 쉽게 이루어졌다. 그런데 문제는 지분을 얼마로 나누느냐는 것에 양측은 한 치의 양보도 없이 설전을 벌였다.

저들은 자신들이 55%의 지분을 갖고 경영권을 확보하려 했고, 삼원 측도 똑같은 주장으로 맞서니 정회를 몇 번 거듭해도 쉽게 결론이 나지 않았다. 결국 양측은 오전 내내 설전을 벌이고도 결론을 못 내고 오후에 다시 협상을 벌이기로 했다.

그러나 오후에도 결론은 마찬가지. 양측 모두가 이 사안에 대해서는 양보를 하려고 들지 않아 결국 이날은 더 이상의 진전을 보지 못하고 헤어졌다.

다음 날.

이번에는 오전 10시부터 저들의 제의로 호텔에서 협상이 개시되었다. 이날 또한 오전 내내 팽팽한 기 싸움만 벌이다가 결렬되고 말았다. 이렇게 되자 태호는 이래서는 안 되겠다는 생각에 절충안을 제시할 생각으로 오후 회담에 응했다.

"이렇게 하다가는 결국 파국으로 끝날 것입니다. 따라서 저는 50대 50의 지분으로 균등하게 나눠 가지고 공동경영을 제안합니다. 이것이 우리의 마지노선이고, 아니면 없던 일로 하는 수밖에 없습니다."

양보안을 제시하는 것과 동시에 최후통첩까지 하고 태호는 저들의 반응을 기다렸다. 즉, 태호의 제안에 저들이 잠시 양해를 구하고 모두 밖으로 나갔기 때문이다. 아마도 본사의 지시를 받으려는 행태 같았다.

아무튼 그들이 회담장에 복귀한 것은 그로부터 45분 후였다. 무료한 기다림에 지쳐 태호가 창밖만을 내다보고 있는데 저들이 다시 입장한 것이다. 곧 다시 마주 앉게 되자 대표로 필립이 입을 열었다.

"좋습니다. 전례를 깨고 삼원그룹과는 50 대 50의 지분을 허락하고 공동경영을 하기로 하겠습니다."

"우와!"

마치 올림픽이라도 유치한 것처럼 삼원그룹 측에 배석한 모든 사람이 두 손을 번쩍 치켜들고 환호성을 질렀지만 태호만은 담담한 얼굴로 곧 입을 떼었다.

"우리 서로 승자가 되는 윈윈 게임을 합시다. 어느 한쪽으로 기울지 않고 서로의 이익을 공유하면서 한국의 삼원에서 생산하는 제품이 세계시장을 석권할 수 있도록 하는 데 온갖 열정과 노력을 기울여 나갑시다."

말이 끝나자마자 태호가 손을 불쑥 내밀었으므로 필립이 털북숭이 손을 내미는 것을 시작으로 그는 차례로 그들의 손을 굳게 잡아나갔다.

그로부터 며칠이 지난 5월 20일 월요일.

이날은 태호와 효주의 결혼 1주년이 되는 날이었지만 아침부터 유독 바빴다. 오전 9시 비행기로 히타치 실무진이 합작을 논의하기 위해 입국하는 날이었기 때문에 더욱 그랬다.

간부 회의를 마치자마자 사전 준비를 해 태호는 정태화 비서실장, 설천량 전자사장, 윤정민 차장이 이끄는 경호 팀을 데리고 김포공항으로 향했다. 김포공항에 도착해 잠시의 기다림 끝에 그들이 정시에 도착하자 태호는 그들 일행을 데리고 삼원 본사로 직행했다.

본사 소회의실에 마주 앉은 양측은 곧 협상에 돌입했고, 예상외의 문제로 격론을 벌였다. 지분 문제는 사전에 공동경영을 하기로 했으니 큰 걸림돌이 되지 않았다.

문제는 생산한 제품의 국내 판매 시 이를 삼원의 상표로 출하하겠다는 삼원 측의 주장과 안 된다는 저들의 주장이 팽팽히 맞선 것이다. 즉, 저들은 국내시장마저도 히타치 브랜드로 출시하기를 바랐고, 삼원 측은 반일 감정 때문에 먹히지 않으니 삼원의 상표를 달아야 한다고 강력하게 주장한 것이다.

결국 태호가 결렬을 선언하고 자리를 박차고 일어나자 저들이 그 문제는 양보하는 바람에 오후 6시가 되어서야 최종 합의에 이르렀다. 이후 순조로운 조문 작업이 이루어졌고, 조문에 적시된 내용 중 중요한 것을 보면 아래와 같다.

자본금 80억 원에 지분율 50 대 50으로 공동경영을 한다. 합작 생산 할 품목으로는 가전 분야에서 라디오, 흑백 및 칼라TV, 냉장고, 세탁기, 전자레인지, VCR, 오디오 등 8종, 산업기기 분야에서는 유압기기 및 펌프와 엘리베이터 등이다.

양사는 합작 생산 한 제품을 히타치 상표를 붙여 전량 수출하되, 국내는 삼원의 상표를 달아 판매할 수 있도록 양허한다는 각서를 두 통 작성해 상호 나누어 가짐으로써 길었던 회의를 마칠 수 있었다.

이후 태호는 삼원호텔에서 성대한 만찬을 열었고, 만찬을 마치고 나니 밤 9시가 조금 지나 있었다. 서둘러 만찬장을 빠져나온 태호는 프런트에 들러 집으로 전화를 걸었다.

신호음이 평소보다 조금 더 길게 이어지는 것 같더니 가정부 아주머니의 목소리가 들려왔다. 이에 태호는 효주를 바꾸어달라고 했고, 잠시 기다리니 받지 않겠다는 답이 돌아왔다.

이로써 태호는 효주가 단단히 화가 나 있음을 알았다. 만찬장으로 떠나며 현지 사정을 전했건만 효주로서는 받아들이기 어려웠던 모양이다.

그 많은 날을 내버려 두고 하필 오늘 같은 날 협상을 진행해 늦느냐는 원망일 것이다.

잠시 난감한 표정을 짓던 태호는 결국 전화를 끊고 돌아섰다. 잊은 것도 아니고 더더구나 놀며 그런 것도 아닌, 그룹을 위해 밤늦게까지 일하다 그런 것에 화를 내는 효주가 태호도 서운하게 느껴졌다.

이 마음이 드는 순간 태호는 곧 돌아서서 직원에게 물었다.

"스위트룸 비었죠?"

"네. 비싸서 그곳은 잘⋯⋯."

"키 줘요."

"제가 올라가⋯⋯."

"그럴 필요 없어요. 키만 주면 돼요."

"네, 부회장님."

직원으로부터 키를 받아 든 태호는 그길로 엘리베이터를 타고 제일 꼭대기 층으로 와 열쇠에 적힌 번호의 방을 땄다.

그리고 모든 것이 다 귀찮아져 겉옷만 벗어놓고 침대에 몸을 던졌다. 피곤했던지 태호는 자신도 모르게 금방 잠이 들었다. 그리고 얼마쯤 지났을까, 전화벨이 울려 태호는 눈을 떴다.

눈을 비비고 태호는 잠에 취한 목소리로 전화를 받았다.

"여보세요."

—여보, 나야.

뜻밖에 효주의 목소리였다.

—왜 안 들어오고 있어요?

"나도 서운해서."

—쳇, 나도 많이 서운하거든요. 빨리 들어와요.

자신의 말만 하고 전화는 일방적으로 끊어졌다.

"참 내……."

어이없으면서도 허탈했다. 그렇지만 곧 정신을 수습한 태호는 양복 윗저고리를 찾아 입고 룸을 나왔다. 그러다 태호는 깜짝 놀랐다. 경호원 다섯 명 모두가 문밖에 서서 그를 지키고 있던 것인지 아무튼 서 있던 까닭이다.

내심 '이들을 전혀 배려하지 않았구나' 생각하며 태호는 누구라 지칭하지 않고 물었다.

"이 시간에도 문을 연 화원이 있을까요?"

"열두 시까지는 문을 여는 곳이 있습니다."

어느새 경호조가 바뀌어 팀장인 김진호의 답변에 태호는 고개를 끄덕이며 말했다.

"그곳부터 갑시다."

"네, 부회장님."

태호는 이면도로에 위치한 꽃 가게에서 주인이 추천하는 백장미 100송이를 샀다. 그리고 집으로 향했다. 집에 도착해 정문 초소를 통과하는데 경비원이 오늘따라 안 하던 짓을 했다.

태호를 붙들고 연신 쓸데없는 질문을 하는 것이다. 이에 짜증이 났지만 태호는 갑질을 하기 싫어 건성으로 한동안 답하고 현관문을 열고 들어섰다.

거실에는 아무도 없었다.

약간 실망했지만 말없이 부부 침실 문을 열고 들어가는 순간 태호의 눈이 동그래지다 못해 깜짝 놀라 몇 발짝 뒤로 물러섰다. 불이 꺼진 깜깜한 실내에 오직 밝게 빛나는 것은 무수히 밝혀진 티 라이트였다.

작은 양초들이 그냥 밝혀진 것이 아니었다.

'여보 사랑해요'라는 문구와 함께 여보 사이에는 하트 모양도 그려져 있었다. 효주가 처음으로 행하는 이벤트에 태호가 감동하고 있을 때, 그의 품으로 효주가 뛰어들며 뜨거운 키스 세례를 퍼부었다.

한동안 그녀의 공세에 몸을 맡기던 태호는 그녀를 살짝 떼어내고 물었다.

"이런 준비를 해놨는데 안 들어오니 서운했던 거야?"

"물론이죠. 결혼 기념이라는 것이 꼭 남자가 여자를 위해 선물과 이벤트를 준비해야 하는 것은 아니잖아요? 어찌 되었든 둘의 결혼을 기념하는 날인데."

"맞소. 참으로 이 꽃이 무색해지는 날이군."

말을 하며 태호는 깊이 파여 가슴골이 드러나는 캐미솔 바람의 효주에게 들고 온 백장미 100송이 묶음을 전달했다.

"이 꽃에도 뜻이 있겠는데요?"

"싸우는 건 정말 싫어. 백기 들고 투항하오, 그런 뜻이지."

"호호호!"

웃던 그녀가 또다시 달려들어 키스 세례를 퍼부었다. 그런 효주의 캐미솔을 걷어 올려 보니 그녀는 T팬티조차 걸치지 않고 있었다.

*   *   *

다음 날.

중요 우선순위를 검토해 보니 가장 시급한 것은 뭐니 뭐니 해도 전자 공장을 지을 용지를 확보하는 것이었다. 이에 태호는 비서실에 삼원개발 사장을 부르도록 하고 민정당 대표와의 전화 연결도 지시했다.

그리고 태호는 자신의 집무실로 들어왔다. 잠시 후 계 양이 노크와 함께 들어와 고했다.

"바로 출발한다 했습니다."

태호가 알았다는 뜻으로 고개를 끄덕이고 있는데 이번에는 인터폰이 울렸다.

태호가 인터폰을 집어 드니 조윤아 대리의 음성이 들려왔다.

"나왔습니다. 바로 받으시면 됩니다."

"알았어요."

―여보세요!

"아, 대표님, 저 김태호입니다."

―무슨 문제라도 있소?

"다름 아니라 금번에 우리 그룹에서 두 개의 세계 거대 기업과 전자 공장을 함께 운영하기로 했습니다. 따라서 200만 평 정도의 넓은 전용 공단이 필요한데⋯⋯."

―그런 일이라면 얼마든지 환영하오. 200만 평에 공장을 지으면 얼마나 많은 사람들이 그곳에 고용되어 수입을 얻겠소. 하하하! 아주 좋은 일이오. 전국의 어느 곳을 지정하든 적극 협조할 테니 알려만 주시오.

"감사합니다, 대표님!"

―지난번 모임도 유익했고.

"아, 네!"

방금 전 노 대표의 말은 두 사람의 삼청각 회동 후 보좌관을 통해 1억 원을 전달한 바 있는데 그 1억 원의 정치헌금에 대한 감사를 에둘러 표현한 것이다.

―아무튼 적극 지원해 줄 테니 필요한 땅을 지정만 하시오.

"감사합니다, 대표님!"

두 사람의 통화는 여기까지였다. 그리고 30분 후.

이대환 삼원개발 사장이 들어와 공장 용지의 후보지로 천안, 평택, 청주 세 곳을 추천했다. 태호는 이를 면밀히 검토한 끝에 청주의 오창 뜰을 최종 공단 후보지로 낙점했다.

공장 용지는 훗날의 부동산 가치도 고려해야 하는데 청주만은 인근의 그린벨트가 훗날 김대중 후보의 공약으로 유일하게 해제되는 점도 고려한 결정이었다.

아무튼 태호는 곧바로 또다시 노 대표와의 통화에서 충북 오창에 200만 평의 공단을 조성하겠다는 뜻을 피력하니 그는 즉각 환영의 뜻을 표하고 관계 장관은 물론 충북도지사에게도 적극 협력하라는 지시를 내리겠다고 답변했다.

전화를 끊는 즉시 태호는 비서실에 강동철 건설사장을 호출하도록 하고, 건설부 장관 및 충북지사에게도 전화 연결을 부탁했다. 이 과정에서 태호는 높은 관직에 있는 사람들이 그냥은 통화에 응할 것 같지 않아 200만 평 공단 조성 건이라 말하라 지시했다.

그 효과는 놀라워 곧장 이규호 건설부 장관과의 통화가 이루어져 적극 협조 약속을 받아냈고, 연이은 통화에서 강우혁 충북지사로부터도 적극적인 협조 약속을 받아내는 것은 일도 아니었다.

본사에 있었는지 통화가 끝나자마자 집무실로 온 강 건설사장과 지금껏 대기하고 있던 이대환 개발사장, 그리고 비서실장을 호출해 청주로 갈 것을 말하니 곧 경호원들이 나타나 수행에 나섰다.

두 시간여 만에 청주 공단에 도착한 일행은 문 부사장의 안내로 반도체 공장 짓는 것을 둘러보고, 그동안 비서실장에 의해 충북지사에게도 연락이 되었기에 10여 분 후에는 그도 나타나 동행하게 되었다.

즉, 지금의 생명과학단지가 조성된 일대를 공단으로 조성하기 위해 둘러보기 위함이었다. 이 당시의 지사는 민선이 아닌 관선인 까닭에 윗선에 잘 보이기 위해서라도 더 적극적으로 협조할 수밖에 없었고, 그런 그에게 태호는 노골적으로 제안했다.

"이미 일본의 히타치, 미국의 휴렛팩커드사와 합작 생산이 문서화된바, 하루라도 빨리 공단 조성이 이루어져야 합니다. 그러기 위해서는 남에게 맡기는 것보다 당사자인 우리가 건설하는 것이 나을 것 같은데 지사님의 생각은 어떻습니까?"

"그, 그렇긴 합니다만, 윗선들의 생각이 어떨지……."

"윗선에 대해서는 저희 쪽에서 교통정리를 해놓겠습니다. 지사님도 적극 협조해 주시겠지요?"

"물, 물론입니다."

"감사합니다!"

사의를 표한 태호는 이후 그를 보내고 곧바로 다시 서울로 올라와 저녁에는 노 대표와 회동해 200만 평에 한해 그린벨트 해제를 정식 요청하고 삼원건설이 공단 조성 공사도 맡았으면 한다는 뜻을 피력했다.

이에 대해 노 대표는 대통령을 만나 직접 건의하겠다는 말로 화답하니 상당액의 정치헌금을 약속받은 것이나 마찬가지였다.

다음 날.

태호는 뜻밖에도 청와대의 전화를 받고 청와대 오찬 회동에 참석하지 않을 수 없었다. 그 자리에는 민정당 노태우 대표는 물론 이규호 건설부 장관, 그리고 낯모르는 환경청장이 참석해 있었다.

그런 자리에서 전 통이 태호에게 물었다.

"200만 평씩이나 공단을 조성한다고?"

"네, 각하. 히타치, 휴렛팩커드사와 이미 전기, 전자 분야 20종

이상의 제품을 생산하기로 협약이 체결되어 있어 마음이 급합니다."

"하하하! 좋은 일이오. 그래, 고용 유발 효과는 얼마나 되겠소?"

"대략 잡아도 최소 2만은 되지 않겠습니까? 상황에 따라서는 그 배가 넘을 수도 있고요."

"하하하! 좋아, 좋아! 좋은 일자리가 많이 생긴다는 것은 나로서도 백번 환영할 일이고, 국가적으로 보아도 아주 좋은 일이지."

여기까지 말한 전 통의 표정이 돌연 엄숙해지더니 장내의 사람을 한 바퀴 쓸어보고 말했다.

"이미 협약까지 체결되었다니 관계 부서는 삼원그룹의 공단 조성에 적극 협력해 조기에 목적을 달성할 수 있도록 하시오."

"네, 각하!"

일제히 세 사람이 머리를 조아리는 가운데 태호가 연이어 발언했다.

"조기에 공단을 조성하기 위해서는 당사자인 삼원 측에서 건설을 맡아야 아무래도 제 일이니 서둘지 않겠습니까?"

"공단 조성 건을 수의계약으로 체결케 해달란 말이지?"

"네, 각하!"

"욕심도 많군. 하긴 그런 욕심이 있어야 사업도 잘할 수 있겠지. 좋아, 나라에 좋은 일을 하는 것이고, 전용 공단을 조성하는 데 당사자가 배제된다는 것도 우스운 일이겠지. 단, 안전사고에 유의해 신속히 조성하도록."

"감사합니다, 각하!"

이렇게 소기의 목적을 달성한 태호로서는 청와대에서 준비한 음식이 꿀맛일 수밖에 없었다.

오찬 회동을 끝내고 돌아온 태호는 강동철 건설사장과 이대환 개발사장을 자신의 집무실로 불러들여 공단 조성에 관한 논의에 들어갔다. 일대의 정밀 지도를 참조해 경계를 긋는 것을 시작으로 건설에 설계를 맡기고 개발에서는 보상을 준비하도록 했다.

그리고 보상과 설계가 끝나는 대로 바로 공단 조성에 착수해 일부 구간의 공단 조성을 마치는 대로 곧장 공장 건설도 착수하도록 미리 지시를 내렸다. 이렇게 전자 쪽이 순조롭게 닻을 올리자 태호는 아직 마무리 짓지 못한 사안에 집중하기로 했다.

그런 그의 마음을 알기라도 하듯 때맞추어 홍콩에 세운 별도 법인을 통해 중공 정부에서는 삼원그룹 최고 수뇌에 초청장을 발송했다. 이에 태호는 차제에 미국 및 남아공까지 방문하기로 하고 정부에 여권 발급을 신청했다. 물론 수행할 인원도 미리 선정해 함께 제출했다.

그리고 오 일 후, 정부에서 여권이 나오자 태호는 곧 세 나라의 등정을 위해 김포공항으로 향했다. 줄줄이 열을 지어 가는 차 내에는 이 회장을 제외한 삼원그룹의 실세들이 총망라되어 있었다.

　단장인 태호를 필두로 시멘트 사장 소인섭, 제과 사장 편봉호, 라면 사장 홍찬주, 여기에 효주와 정 비서실장, 그 외 윤정민 차장을 위시한 태호의 경호조 15명과 통역 3명이 동행하고 있었다. 효주가 일행에 특별히 낀 것은 중공에도 호텔을 하나건립하고 싶다고 제안해 이 회장의 특별 재가까지 받은 까닭이다.

　아무튼 머지않아 김포공항에 도착한 일행은 한 시간여를기다려 홍콩행 비행기에 탑승했고, 약 3시간 30분의 비행시간끝에 홍콩국제공항에 도착했다. 이곳에서 일행은 홍콩 별도법인인 칠원상사(七元商社)의 여인국(呂仁國) 사장의 영접을 받고 홍콩에서 1박을 하게 되었다.

　여인국의 원래 신분은 홍콩 지사장이었지만 홍콩 지사에칠원상사라는 별도 법인을 만들면서 그 또한 법인 신분에 맞게 사장 직함을 준 인물이었다. 여하튼 다음 날 일행은 아침일찍 북경행 비행기에 올랐고, 베이징 서우두공항(北京空港)에도착한 시간은 오전 11시였다.

　그곳에는 일행을 맞이하기 위해 듣도 보도 못한 공산당 간부 한 명과 군복 비슷한 제복을 차려입은 조선족 통역, 그리고 일본계 여성으로 보이는 통역 한 명이 기다리고 있었다.

일행은 곧 송렴(宋廉)이라는 중앙당 간부의 안내로 대기하고 있던, 그들이 제공하는 차량으로 다가갔다. 그들이 제공한 차량은 승용차 두 대와 미니버스 한 대여서 태호는 잠시 교통정리를 해야 했다.

선두 차량에는 중국 측에서 송렴과 일본계 여성 통역이 타고, 삼원 측에서는 태호와 중국어 통역으로 데려간 여성 통역원 한 명이 탔다. 그리고 남은 승용차에는 소인섭, 편봉호, 이효주, 조선족 남자 통역이 탔다. 나머지는 모두 미니버스에 타도록 조처했다.

곧 출발한 차량은 북경 중심부를 향해 빠르게 쏘아져 나갔다. 공항에서 북경 중심부까지는 약 30㎞로 이때만 해도 북경 주변이 별로 개발이 안 되어 살풍경하기만 했다.

어찌 되었든 일행이 약 30분을 달려 도착한 곳은 북경관(北京館)이라는 정통 중국 요릿집이었다. 이곳에 도착한 일행은 송렴의 안내로 2층으로 올라갔다. 넓은 홀과 방으로 꾸며져 있는 2층에 도착하자 송렴은 태호만 방으로 안내하고 나머지는 홀에 머물게 했다.

내심 자신 외에는 너무 홀대하는 것 같아 서운했지만 이를 내색할 처지도 아니라서 송렴이 하라는 대로 태호는 그가 지정한 방으로 들어갔다. 그 방에는 태호의 청으로 통역을 위해 자신이 데리고 온 대만계 화교 출신인 진령(陳鈴)도 함께 들게 되었다.

27세의 아리따운 아가씨였으나 키가 좀 작은 것이 흠인 여성이다. 아무튼 태호가 방에 들자 송렴도 통역을 위해 일본계 여성을 대동하고 들어왔다. 곧 이들이 자리를 잡자마자 사전 준비가 되어 있었는지 준비된 음식과 술이 들어오기 시작했다.

시꺼먼 큰 프라이팬 같은 것을 숯불 위에 올리고 육안으로 봐서는 알 수 없는 고기와 밑반찬이 차례로 한 상 가득 놓였다. 또 술도 열 병이나 한꺼번에 놓였다. 이렇게 준비가 되자 비로소 송렴이 입을 떼었다.

"아직 남조선과 우리는 여러모로 불편한 관계로, 한번 오기도 쉽지 않은 길일 것입니다. 따라서 기왕 오셨으니 열흘이고 스무 날이고 푹 묵어가면서 가능한 많은 투자 건을 성사시켰으면 좋겠습니다."

이 말을 들은 태호가 자신의 심정을 그대로 피력했다.

"투자를 원한다면서 우리에 대한 대접이 너무 소홀한 것 같습니다. 나 외에는 상대도 않으려 하고, 귀하가 중앙당에서 무슨 직책을 맡고 있는지 몰라도 나로서는 더 고위직이 마중을 나올 줄 알았습니다."

태호의 말에 송렴이 갑자기 대소를 터뜨렸다. 그리고 웃음의 여운 끝에 그가 말했다.

"절대, 절대 우리는 김 부회장님을 소홀히 접대하지 않고 있습니다. 나만 해도 서기처 부부장의 직급이고, 저녁나절에는 지금 중국을 움직이는 실세라 할 수 있는 국영기업 고위 간부 수십 명이 부회장님과의 상담을 위해 줄줄이 기다리고 있습니다. 그리고 또 하나 알려 드릴 수 없는 특별 접견도 준비되어 있으니 너무 서운하게 생각지 마시기 바랍니다."

'그렇다면 몰라도…….'

태호가 내심 중얼거리며 안색을 펴자 기다렸다는 듯 한국교포 출신이라는 일본계 여성이 고기를 펄펄 끓는 물에 담그기 시작했다. 이를 보며 송렴이 다시 입을 떼었다.

"베이징에 오셨으니 훠궈(중국식 샤브샤브)부터 드시지요. 아시는지 모르겠지만 베이징은 날씨가 사납습니다. 봄에는 황사와 꽃가루, 여름에는 불볕더위, 겨울에는 칼바람, 여기에 요즘에는 많은 석탄 사용량으로 인해 대기 질도 좋지 못하고 급수난까지 겹친 상태입니다. 따라서 우리는 이렇게 고약한 환경을 이겨내기 위해 훠궈를 먹고 얼궈터(이과두주)를 마십니다."

말이 끝나자마자 송렴은 손수 이과두주를 따르더니 태호에게 말했다.

"한잔 받으시죠."

"감사합니다."

태호는 곧 술잔을 들어 그가 따르는 술을 받아 일단 상 위에 놓고 말했다.

"제 잔도 한잔 받으시죠."

"좋지요."

태호 또한 그에게 이과두주를 따라주자 다 받은 그가 잔을 든 채 말했다.

"자, 우리 건배 한번 할까요?"

"그러죠."

"귀측의 많은 투자를 바라며."

"중화인민공화국의 발전을 위하여!"

"위하여!"

태호는 건배가 끝나자마자 이과두주를 단숨에 입안에 털어넣었다. 그러자 불줄기가 목을 타고 내려가면서 온몸에 불을 지르는 듯 화끈한 느낌이 들었다. 태호 또한 술을 즐기지만 독주는 즐겨하는 편이 아니었기 때문에 그만큼 생경하게 느껴진 것이다.

아무튼 태호가 끝내는 진저리 치는 모습까지 웃으며 느긋하게 바라보던 송렴이 물었다.

"중국에는 독한 게 세 가지 있는데, 그것이 무엇인지 아십니까?"

"글쎄요?"

"담배와 술, 그리고 여자입니다."

"여자요?"

"한마디로 극성스럽습니다."

"하하하!"

태호가 대소를 터뜨리고 송렴 또한 빙그레 따라 웃으며 샤브샤브 한 점을 집어 들었다.

이에 태호가 물었다.

"무슨 고기입니까?"

"양고기입니다."

양고기 또한 별로 접하지 못한 음식이라 내심 주저되는 바가 없지는 않았지만 태호는 태연한 표정으로 한 점을 집어 대충 씹고 빠르게 삼켰다. 그러자 이를 빙긋 웃음으로 바라보던 송렴이 다시 술병을 들어 태호의 잔을 채워주었다. 질세라 태호 또한 그의 잔을 채워주웠다.

이렇게 시작된 둘의 낮술 자리가 한 시간을 넘어 두 시간가량 이어지자 어지간한 태호도 질려 버렸다. 송렴 또한 술고래인지 상 위에는 어느새 20개가 넘는 술병이 쌓였다.

이렇게 되자 송렴도 급기야는 혀 꼬부라진 소리를 하고 끝내는 통역에 의해 부축되어 나가는 신세가 되어 엄지를 치켜세웠다. 그가 나가자 태호 또한 자리에서 일어서는데 몸이 휘

청했다. 하마터면 옆으로 쓰러질 뻔했다. 이를 목격한 진령이 급히 부축하며 말했다.

"너무 많이 마셨습니다."

"아직은 괜찮아."

그녀의 손길마저 뿌리친 태호는 곧장 스스로 방문을 열어젖혔다. 그러자 기다렸다는 듯 정 비서실장과 윤 차장 이하 다섯 명의 경호원이 그 앞으로 달려왔다.

그런데 홀 안이 텅 비어 있다. 이들 외에는 아무도 없는 것이다. 이에 태호가 큰 소리로 물었다.

"모두 어디 갔어?"

"이 부사장님의 제의로 모두 예약된 호텔로 갔습니다."

"이효주가 주장해서?"

"네, 부회장님."

대답은 엉뚱하게 여인국 칠원상사 사장이 했다. 훗날 이야기를 들으니 잠시 화장실에 다녀왔다고 한다.

아무튼 태호는 내심 서운했지만 여기서 그런 감정을 표현한다면 술 취한 것밖에 되지 않을 것 같아 곧 그는 일행과 함께 북경관을 빠져나왔다. 그리고 태호가 여인국의 안내로 향한 곳은 얼마 떨어져 있지 않은 한 호텔이었다. 세계 최초로 올해 중국에 막 문을 연 만리장성 쉐라톤 호텔(The Great Wall Sheraton)이었다.

아무튼 여인국의 안내로 일행이 투숙하고 있는 12층으로 온 태호는 궁극적으로 부하들에게 못 볼 꼴을 보이고 말았다. 원래 효주와 한 객실을 쓰게 되어 있어 여인국이 그곳으로 안내를 했는데 아무리 문을 두드려도 효주가 열어주지 않은 것이다.

외국까지 나와서도 술 자랑만 하고 있으니 효주 딴에는 단단히 화가 난 모양이다. 이렇게 되자 정 비서실장이 재빨리 뒷수습을 했다. 즉, 태호를 내정된 자신의 방으로 데리고 들어간 것이다.

사실 태호도 이때는 만취 상태라 그의 방에 들어서자마자 웃옷만 벗어놓고 그대로 침대에 쓰러져 잠이 들었다. 그렇게 태호가 정신없이 자길 얼마, 갑자기 예정에 없던 송렴이 이들의 숙소로 들이닥쳤다. 이때의 시각이 현지 시간으로 6시 30분. 그러니까 이때 태호는 약 다섯 시간을 잔 셈이다.

그의 출현에 밖을 지키고 있던 경호원들이 깨우는 바람에 태호는 부득불 침대에서 일어나 급히 양치와 세면을 하고 그를 맞지 않을 수 없었다.

"갑자기 무슨 일입니까?"

"예정이 변경되었습니다. 가시죠."

"어딜?"

"곧 아시게 될 겁니다."

끝내 행선지를 밝히지 않은 송렴을 따라 태호는 그가 타고 온 차에 오르지 않을 수 없었다.

통역인 진령과 떼를 써서 탄 윤정민 경호차장과 함께. 아무튼 서서히 저물기 시작하는 해를 바라보며 일행이 도착한 곳은 북경의 중지(重地)였다.

훗날 알았지만 조어대 국빈관(釣魚台 国賓馆)이라는 곳으로, 말 그대로 국빈의 숙소와 회의장으로 사용하고 있는 곳이었다. 말이 나왔으니 잠시 조어대 국빈관에 대해 설명하고 넘어가면 다음과 같다.

금대(金代) 장종황제(章宗皇帝)가 이곳에서 낚시를 하였던 곳으로 조어대(釣魚台)라는 명칭이 유래되었으며, 청대(淸代)에 이르러 건륭제(乾隆帝)가 이곳에 행궁(行宮)을 건립하도록 하였고, 이후 왕실 정원으로 사용하였다.

중국 정부는 1958~1959년 옛 조어대(釣魚台) 풍경구(風景区)를 기초로 확대 증건하여 국빈의 숙소와 회의장으로 사용해 오고 있었다. 국빈관의 남북 길이는 1㎞, 동서 간 넓이는 약 0.5㎞이며 면적 42만㎡, 건축 면적 16.5만㎡이고 호수 면적은 5만㎡에 달했다.

아무튼 아무것도 모른 채 2층으로 지어진 한 고풍스러운 건물에 도착해 태호가 차에서 내리자 현관에 그를 기다리고 있는 인물이 있었다. 그를 본 송렴이 급히 태호에게 말했다.

"호요방(胡耀邦) 총서기십니다."

"아……!"

태호로서는 감탄성과 함께 고개를 끄덕이지 않을 수 없었다. 중앙서기처 총서기 호요방이야말로 명목상으로는 중국의 1인자요, 실제는 2인자 지위에 있는 인물인 까닭이다.

그런 실세가 마중 나왔다는 것에 감탄한 태호는 조금 남아 있던 술기운마저 확 달아나는 것을 느끼며 천천히 그의 앞으로 걸어갔다. 그러자 그 또한 몇 걸음 앞으로 나오며 손을 내밀며 말했다.

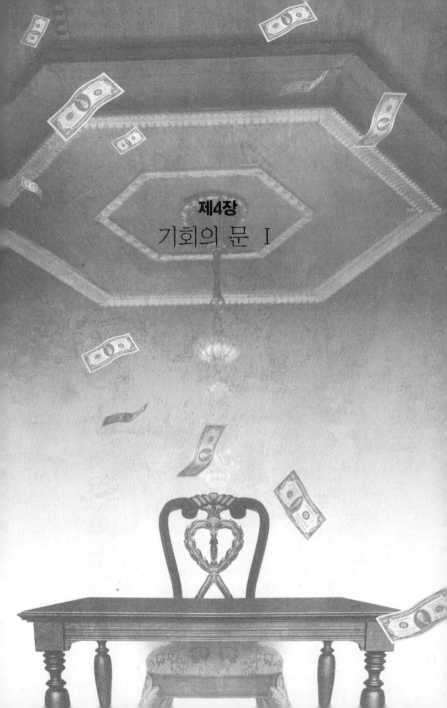

제4장
기회의 문 I

"어서 오시오. 우리 중화인민공화국에 온 것을 진심으로 환영하는 바입니다."

"초청해 주서서 감사합니다."

"자, 안으로 드실까요?"

"네."

곧 그를 따라 그가 안내하는 대로 2층에 오른 태호는 장방형 탁자를 중심으로 그와 마주 앉았다. 태호는 비로소 그의 모습을 자세히 볼 수 있었다. 중국 지도자들이 외부에 모습을 드러낼 때처럼 인민복 차림의 그는 금년 71세의 나이답지 않게 아직 정정해 보였으며 젊었을 때의 준미한 모습마저 남아 있어 호감이 갔다.

그 또한 빙긋 웃는 모습으로 태호를 바라보다가 거두절미하고 말했다.

"선진 기술과 자본을 받아들일 수 있다면 우리로서는 그가 누가 되었든 열렬히 환영할 것이고 받아들일 준비가 되어 있습니다."

"감사합니다. 하지만 아직 양국이 미수교국이다 보니 우리의 입장에서는 조심스러운 점이 많습니다."

"물론 그렇겠지요."

"따라서 이를 해결하는 첩경은 우선 북경에 우리의 지사를 정식으로 설립할 수 있도록 허가해 주시는 겁니다."

"그건 좀……."

난처한 표정을 짓던 호요방이 입을 떼었다.

"바늘허리에 실을 매어 쓸 수 없다는 한국 속담처럼 아무리 급해도 우리 한 발자국씩 천천히 나아갑시다. 그래서 말이오만, 우선은 북경이 아닌 청도나 대련 쪽에 지사를 낸다면 허락할 용의가 있소."

"정 그러시다면 상해는 어떻습니까?"

"상해라……."

잠시 생각에 잠겼던 호요방 총서기가 곧 다시 말했다.

"그곳 역시 중국 경제의 심장부이다 보니 곤란하긴 합니다만……"

말하는 뉘앙스를 보니 투자 금액의 크기에 따라 허가할 여지가 있는 것 같아 태호가 말했다.

"그렇게 한다면 우리도 더 많은 투자를 하도록 하겠습니다. 시멘트, 과자, 라면 외에도 북경과 상해에도 호텔을 짓도록 하겠습니다. 북경에 도착해 보니 쓸 만한 호텔은 하나뿐이더군요."

"그건 그렇습니다. 우리가 1979년 1월 1일 미국과 수교한 이래 많은 서방 자본과 기술을 유치하고 싶어 하지만, 아직 서방은 우리를 믿지 못하는지 솔직히 투자가 지지부진한 실정입니다. 그래서 말이오만, 전자와 자동차 등 첨단 업종에도 투자를 했으면 좋겠소이다."

"좋습니다. 당장은 아니지만 전자와 자동차 업종에도 투자할 의향이 있습니다. 물론 그렇게 되려면 중국 측에서도 우리가 투자하는 기업을 적극 보호해 주고 관련 분야의 걸림돌도 적극 제거해 주어야겠지요."

"물론 그렇게 하겠습니다. 이는 우리도 나름 남조선 기업에 대해 면밀히 조사 검토한 결과 삼원그룹이 가장 진취적이라는 결론에 이르렀기 때문에 약속할 수 있는 것입니다."

호요방 총서기의 말은 일견 듣기는 좋으나 계속 주변만 맴

돌며 변죽만 울리고 있었다. 이에 태호가 직설적으로 물었다.

"상해 지사는 허락해 주시는 겁니까?"

"음! 칠원상사의 이름으로 허락하겠습니다."

"감사합니다. 중앙군사위원회 주석님께도 안부 전해주시면 감사하겠습니다."

"허허, 그러지요."

태호가 언급한 중앙군사위원회 주석이야말로 현 중화인민 공화국의 실세인 등소평(鄧小平)을 이름이다. 그가 주창한 흑 묘백묘(黑猫白猫)론에 입각해 중국이 개혁, 개방의 길을 걷게 된 것은 주지의 사실.

흑묘백묘는 원래 '부관흑묘백묘(不管黑猫白猫), 착도로서(捉到 老鼠), 취시호묘(就是好猫)'의 줄임말이다. 검은 고양이든 흰 고 양이든 쥐만 잘 잡으면 된다는 뜻이다. 중국의 개혁과 개방을 이끈 덩샤오핑(鄧小平)이 1979년 미국을 방문하고 돌아와 주 창하면서 유명해진 말로 흔히 흑묘백묘론이라고 한다.

즉, 고양이 빛깔이 어떻든 고양이는 쥐만 잘 잡으면 되듯이 자본주의든 공산주의든 상관없이 중국 인민을 잘살게 하면 그것이 제일이라는 뜻이다. 부유해질 수 있는 사람부터 먼저 부유해지라는 뜻의 선부론(先富論)과 함께 덩샤오핑의 경제 정책을 가장 잘 대변하는 용어이다.

그 뒤 흑묘백묘론은 1980년대 중국식 시장경제를 대표하는 용어로 자리 잡았고, 덩샤오핑의 이러한 개혁, 개방 정책에 힘입어 중국은 비약적인 경제 발전을 거듭하였다.

다시 말해 경제 정책은 흑묘백묘식으로 추진하고, 정치는 기존의 공산주의 체제를 유지하는 정경 분리의 정책을 통해 덩샤오핑은 세계에서 유례가 없는 중국식 사회주의를 탄생시켰다.

원래 흑묘백묘는 중국 쓰촨성(四川省) 지방의 속담인 흑묘황묘(黑猫黃猫)에서 유래한 용어로, 덩샤오핑이 최초로 사용한 것은 아니다. 흑묘백묘와 비슷한 뜻의 한자 성어로는 남파북파(南爬北爬)라는 말이 있다. 남쪽으로 오르든 북쪽으로 오르든 산꼭대기에만 오르면 그만이라는 뜻이다.

아무튼 둘 사이에 하고 싶은 말과 현안이 대충 정리되자 호요방은 태호를 아래층으로 데리고 가 성대한 만찬을 베풀었다. 그리고 국빈관까지 내어주는 친절을 베풀었으나 태호는 이를 사양하고 만찬이 끝나자 곧장 호텔로 돌아왔다.

이때쯤에는 화가 나도 오래 못 가는 효주의 화도 풀렸을 뿐만 아니라 결과가 궁금하여 그녀 외에도 수행한 실세들이 모두 그에게 몰려들었다. 태호는 이 자리에서 호요방과의 회담 결과를 설명하고 그대로 이행할 것을 특별 주문했다.

이렇게 되자 가장 기뻐한 사람은 효주였다. 다른 사람들이야 원래의 계획대로 투자가 진행되는 것이니 더 기뻐할 일이 없었지만 효주만은 달랐다. 원래 삼원 측 계획은 북경에만 호텔을 신축할 생각으로 온 것인데, 상해도 한 곳 더 늘었으니 그녀로서는 반길 만한 일인 것이다.

아무튼 효주의 이 기쁨은 잠자리로 이어져 평소 그녀가 결코 행하지 않으려 하던 서비스까지 행하게 했다. 즉, '남자는 다리 사이에 여자를 가두고 여자는 입으로 남자를 가둔다'는 서양 속담이 있는데, 이는 펠라치오를 의미하는 말로 구강성교를 이름이다.

아무튼 다음 날부터의 일정은 일사천리로 진행되었다. 중국 국영기업체 주요 간부들을 만나 투자설명회 식으로 개최된 미팅에서 관련 기업들만이 삼원 측과 계속 협의를 이어나가게 되었고, 그 첫 번째 건은 북경의 호텔 신축 건이 되었다.

태호와 효주는 물론 중국 측 관련 업체인 '국가 여유국(관광청)'과 상의한 결과 중국의 그 유명한 천안문 광장에서 800m쯤 떨어진 왕부정(王府井)의 허름한 건물 수십 채가 모인 곳을 신축 부지로 선정하고, 중국 국가 여유국을 통해 즉각 매입 교섭에 들어가도록 했다.

왕부정은 베이징시(北京市) 중심의 동장안가(东长安街) 북쪽에 위치하며 7백여 년의 역사를 지니고 있는 길이 1.8km의 유명한 상점가로 원대(元代)에는 정자가(丁字街)로 불리었으며, 이후 여러 차례의 명칭 변경 후 현재에 이르고 있는 중국의 명소인 곳이기에 더욱 서두른 것이다.

이런 곳에 제대로 된 호텔 하나 없는 것을 보고 장래 더욱 폭증할 이 지역 땅값도 감안하여 이 지역을 선정한 것이다. 아무튼 교섭은 교섭대로 맡겨놓고 태호는 다음 날 바로 상해 행 비행기에 탑승했다.

이 상해행 비행기에는 특별히 국가 여유국 국장인 황철(黃哲)이 동행하고 있는 것은 물론 삼원 측과 합작이 내정된 국영기업 간부들도 동행하고 있었다. 큰 틀에서의 합작 조건은 이미 대충 합의가 된 상태였다. 즉, 시멘트만 51 : 49이고 나머지는 모두 55 : 45로 삼원이 경영권을 확보할 수 있도록 했다.

시멘트를 제외한 사업 모두가 소비재인 까닭도 있고, 아직은 서방 자본의 투자가 많지 않은 까닭에 이런 합작 투자 형태가 가능했다. 그러나 좀 더 세월이 흐르면 이들은 50 대 50의 공동경영 형태를 강하게 주장할 것이다.

아무튼 이날 상해에 도착한 일행은 둘로 나뉘었다. 시멘트의 소인섭 사장과 중국의 관련 국영기업체 간부 또한 함께 남경으로 향하고 나머지는 모두 상해에 남았다.

소 사장이 남경으로 간 이유는 그곳에 시멘트 공장을 지을 예정이기 때문이다. 남경 부근에 시멘트의 원료가 되는 석회석 산지가 많은 까닭이다. 또 한 이유는 남경(南京)이라는 이름에서 알 수 있듯 장강 이북의 수도로 북경(北京)이 있다면 그 남쪽의 수도는 남경(南京)이라는 도시 이름에서 알 수 있듯 장강 이남의 중핵 도시인 까닭에 훗날의 부동산 가치를 고려한 위치 선정이기도 했다.

아무튼 소 사장이 통역 하나를 데리고 남경으로 간 사이 일행은 상해 시장 강택민(江澤民)이 올해부터 중점 개발하고 있는 푸동지구를 방문했다. 상해 동남쪽에 위치한 이곳은 아직 개발 단계라 전형적인 농촌 마을이었다.

하지만 훗날의 경이적인 발전을 생각한다면 상전벽해(桑田碧海)라는 단어가 정말 실감나는 곳이 될 것이다. 그러나 함께한 중국 국영체 간부들은 태호와 생각이 전혀 달랐다.

미래를 알고 있는 태호와 현재의 모습만을 보고 있는 그들 간에 의견이 다른 것이 매우 정상이었고, 참지 못한 여유국의 황철이 끝내는 일행을 대표해 질문을 던졌다.

"이곳에 호텔과 공장을 지을 예정입니까?"

"그렇습니다."

"이 황량한 벌판에 공장은 몰라도 호텔까지 짓는다는 것은 어불성설입니다."

황철의 이의 제기에도 빙긋 웃음 짓던 태호가 말했다.

"미리 조사를 해서 아시는지 모르겠지만 우리 그룹이 비약적인 발전을 이룬 데는 나의 공이 가장 크다는 데 반박의 여지가 없습니다. 하면 비약 성장의 비결이 뭔지 아십니까?"

"글쎄요?"

그것까지는 자세히 모르는지 모호한 표정을 짓는 일행에게 태호는 자신만만한 미소와 함께 말했다.

"나의 예지능력 때문입니다."

"네?"

모두가 전혀 상상치 못한 답변이었는지 매우 놀란 표정을 지었다. 그런 그들에게 태호가 질문을 던졌다.

"등소평 군사위 주석은 여러분이 아는 바와 같이 실례의 말이지만 전면에 나서기에는 너무 고령이십니다. 따라서 호요방 총서기 다음의 지도자로 누가 총서기에 오를지 여러분은 짐작할 수 있겠습니까?"

"글쎄요……."

또 한 번 모호한 표정을 짓는 일행을 향해 태호는 확신에 찬 표정으로 단정적으로 말했다.

"이곳 시장입니다."

"강택민 시장 말입니까?"

"네. 4년 후가 될 것입니다. 2년 후에는 이곳 당서기장을 겸직하고, 4년 후에는 북경에서 천하를 호령하고 있을 것입니다."

그 시점은 물론 그 과정까지 정확히 예언함에도 일행은 여전히 반신반의했다. 태호의 말을 전적으로 믿기도, 그렇다고 부정할 근거도 없으니 미혹(迷惑)한 표정으로 서로의 얼굴만 바라보는 이들이다.

그런 그들에게 태호는 미래의 청사진을 펼쳐 보이기 시작했다.

"그렇게 되면 그가 적극적으로 추진한 이 푸동지구가 어떻게 될 것 같소. 심천, 광주에 이은 경제 개발 특구로 지정되어 그때부터는 비약적인 발전을 이룰 것이오. 좀 그렇지만 그때의 이곳 부동산 가격을 한번 상상해 보시오."

"아……!"

비로소 뭔가 보이기 시작하는지 모두 꿈꾸는 듯한 모습이 되는 그들을 태호는 더 이상 거들떠보지도 않고 수행 중인 칠원상사 사장 여인국에게 말했다.

"당신은 지금 즉시 상해 시청으로 달려가 강택민 시장과의 면담을 요청하시오. 아마 모르긴 몰라도 푸동지구에 대규모 투자를 한다 하면 그가 직접 버선발로 달려나올 것이니 지금 즉시 움직이시오."

"네, 부회장님."

곧 여인국이 떠나자 태호가 황철 등 국영기업체 간부들을 향해 말했다.

"당신들에게도 출세의 기회를 주겠소. 장래의 총서기를 뵐 수 있는 자리를 한번 마련할 테니 미리들 점수를 좀 따놓으시오."

"감사합니다, 부회장님!"

설령 태호의 말대로 되지 않는다 해도 이들에게는 이익이 되면 됐지 손해날 것이 없으므로 전원 그에게 감사를 표했다.

상해시장 지위만 해도 그 지위가 얼마나 막강한가. 그러니 이들로서는 이익을 봤으면 봤지 전혀 손해날 것이 없었으므로 일제히 태호에게 감사를 표한 것이다. 꽌시(關係)를 중요시하는 이들의 문화 특성마저 가미되어 진심에서 우러나는 감사를 표한 것이다.

아무튼 일행은 곧 숙소로 향했다. ASTOR HOUSE(포강반점)이라 해서 1846년에 지어진 상해에서 가장 오래된 역사적인 호텔이다. 1900년대에 아인슈타인과 찰리 채플린도 묵었다고 하니 그 역사만큼이나 많은 사연을 간직한 호텔이었다.

5월 말, 그 긴긴 해가 점점 더 긴 그림자를 드리우는 시각이다. 중국 국영기업체 간부들이 전혀 예상치 못한 일이 벌어졌다. 강택민 시장이 직접 이들이 묵고 있는 호텔에 나타나 태호 일행을 찾은 것이다.

곧 양인의 면담이 즉석에서 성사되었다. 호텔 내 커피숍에서 상견례를 한 둘은 바로 스위트룸으로 자리를 이동했다. 본격적인 상담을 이어가기 위함은 두말할 것도 없었다.

아무튼 양인이 탁자를 가운데 놓고 대좌한 가운데 강택민

시장이 바로 본론으로 들어갔다.

"푸동지구에 공장과 호텔을 짓고 싶다고요?"

"네, 그렇습니다."

"아직 개발 단계인데 괜찮겠습니까?"

"호텔은 상업지구에, 공장은 당연히 공단 내에 지으려 합니다."

"허허, 선견지명이 있으십니다."

"네?"

"아직 모두 입주하길 꺼리지만 두고 보십시오. 이 강택민의 명예를 걸고 그곳을 크게 발전시킬 테니까요."

"그걸 믿기 때문에 적극 투자하겠다는 겁니다."

"하하하! 좋습니다. 호텔 신축 건은 들었고, 무슨 공장을 지을 예정입니까?"

"우선 제과와 라면 공장을 지을 예정입니다. 비록 소비재산업이지만 고용 효과가 매우 클 것입니다."

"하하하! 좋습니다."

기분 좋게 껄껄거리던 그가 잠시 생각에 잠겼다가 말했다.

"음! 푸동지구의 1호 투자 기업인 귀 업체만큼은 모두 원가에 공급해 드릴 것을 이 자리에서 약속드리겠습니다. 그리고 호텔과 공장을 지을 위치부터 빨리 공사를 마치도록 하겠습니다."

"감사합니다, 시장님!"

"나를 믿어준 대가요. 하고 앞으로도 우리 긴밀히 협력해 가면서 잘해봅시다."

"이를 말입니까?"

"하하하! 좋소!"

말과 함께 새삼스럽게 다시 손을 내미는 강택민의 손을 맞잡으며 태호가 말했다.

"시장님께 소개해 드리고 싶은 사람이 있습니다."

"그래요? 어디 만나봅시다."

"앞으로 저를 대신해 중국에 드나들며 사업체를 총괄하게 될 칠원상사의 여인국 사장입니다."

"불러들이시지요."

"네, 시장님."

곧 태호는 자신이 직접 방을 나가 복도에 대기하고 있던 사람들 중 우선 여인국을 불러들여 강택민과 대면케 했다.

"이 사람입니다, 시장님."

"만나서 반갑소."

"일생일대의 영광입니다, 시장님. 앞으로 잘 부탁드리겠습니다."

"내가 하고픈 말이오."

겸양하는 강택민을 향해 태호가 또 말했다.

"금번에 우리와 함께 사업을 벌여 나갈 국영기업체 간부들도 시장님께 소개드리고 싶습니다. 물론 잘 부탁드린다는 의미지요."

태호의 말에 강택민이 정색을 하고 답변에 나섰다.

"만약 그들이 결사적으로 반대한다면 이번 투자 건은 다른 곳으로 옮겨야 하는 것인데, 부회장님의 말을 믿고 따른다니 내가 청해서라도 만나볼 분들이니 어서 들이시죠."

"네, 시장님."

곧 황철 이하 국영기업체 간부들이 한꺼번에 들어와 그와 인사를 나누었다. 이 모든 것이 끝나자 강택민이 말했다.

"오늘 저녁 만찬을 관사에서 베풀고 싶은데 시간을 내주시겠습니까?"

"영광입니다, 시장님."

"하하하! 좋소! 그럼 저녁 7시에 시장 공관에서 뵙도록 하죠."

"네, 시장님."

이를 끝으로 두 사람은 회담을 마쳤다. 그리고 저녁 7시에 태호 일행은 물론 국영기업체 간부 모두가 참석한 가운데 강택민이 주최한 만찬이 두 시간 동안 이어졌다.

이 자리에서 강택민은 특히 효주의 미모에 감탄하며 칭찬을 아끼지 않았다. 이렇게 우의를 더욱 돈독히 한 태호는 답례를 한다는 핑계로 다음 날은 호텔에서 자신이 만찬을 주최했다.

만남을 거듭할수록 두 사람의 우의가 더욱 돈독해진 것은 기정사실이었고, 이를 증명이라도 하듯 이틀 후 태호가 상해를 떠날 때는 강택민이 직접 환송연까지 베풀어주는 특별 배려를 했다.

*　　　*　　　*

다음 날 바로 홍콩으로 돌아와 1박을 하게 된 일행은 곧 둘로 나뉘게 되었다. 태호를 직접 수행하는 정 비서실장과 경호조 외에는 모두 본국으로 돌아가게 되어 있었다.

따라서 당분간 이별이 불가피한 효주의 이날 밤 태도는 매우 적극적이었다. 그동안 불결하다는 등 여러 핑계를 대며 가급적 하지 않던 펠라치오를 스스로 자처하는 등 근래 보기 드문 잠자리 행태를 보인 것이다.

태호의 물건에서 입을 뗀 효주가 그를 바라보며 말했다.

"지난번에 한번 행하고 보니까 나 스스로가 매우 흥분되는 것을 느꼈어요. 새로운 성감에 눈을 떴다고 할까요?"

"그렇다면 더 열심히 해봐."

"네."

명확한 대답과 달리 이어진 그녀의 솜씨는 미숙함으로 인해 솔직히 형편없었다. 대부분이 물고 있는 시간이 전부이고 때로 입을 상하로 움직여도 목구멍 깊숙이 넘어가지 않고 이빨이 부딪치는 등 허점투성이였다.

그런 그녀의 미숙함을 지적한다면 틀림없이 효주는 영원히 이 분야에서 손을 뗄 것이 명백했으므로 태호는 그녀를 계속 칭찬하며 점점 더 익숙해지도록 지도했다.

이에 따라 효주로부터 경험이 많은 것 같다는 등의 의문을 샀지만 그녀가 마침내 자가 발전하여 스스로 범람에 이르기까지 하는 데는 성공했다. 이를 시작으로 더욱 농밀한 밤이 펼쳐졌고, 끝내 효주는 실신하다시피 해 다음 날 일찍 방을 빠져나간 태호를 배웅조차 하지 못했다.

*   *   *

하루 중 반나절이 넘는 12시간 30분의 비행 끝에 LA국제공항에 내린 태호와 일행은 곧바로 택시를 잡아타고 패서디나(Pasadena)로 향했다. 약 30분을 달려 일행이 도착한 곳은 패서디나의의 고급 주택가였다.

태호 일행이 이곳에 온 이유는 김재익 전 부회장 부부를 만나기 위하다. LA 유명 병원에서 치료를 마친 부부가 이곳

주택가에서 회복 겸 휴양을 하고 있었기 때문이다.

김재익과 태호는 계속 통화를 해왔고, 이곳 고급 주택도 그룹의 돈으로 얻어준 것이다. 아무튼 LA에서 북동쪽으로 16㎞ 떨어져 있는 이 패서디나는 야자수와 올리브, 아카보도가 잘 어우러진 고급 휴양지로 고급 주택가와 미술관, 도서관, 식물원 등이 모여 있는 도시였다.

LA 젊은이들로부터 고급스러운 분위기의 쇼핑 포인트로도 인기를 모으고 있는 곳이기도 했다. 아무튼 태호 일행이 푸른 잔디가 깔린 넓은 정원이 있는 고급 주택의 벨을 누르자 40대쯤으로 보이는 흑인 여성 하나가 튀어나와 응대했다.

여러 말이 오가고 일행은 곧 현관문을 밀고 나오는 김재익 부부를 만날 수 있었다.

"아니, 전화 통화 한번 없이 여긴 갑자기 웬일인가?"

"안녕하세요, 형수님?"

그에게 답하기 전에 태호는 이순자 여사에게 먼저 인사를 했고, 이 여사 또한 태호를 반갑게 맞았다.

"덕분에 치료 잘하고 있습니다."

"별말씀을."

겸양한 태호가 비로소 김재익의 물음에 답했다.

"마침 미국에 볼일이 있어 이곳부터 먼저 찾았습니다, 형님."

"아무튼 잘 왔네. 들어가세."

"네."

이때 이 여사가 말을 건넸다.

"마침 날씨도 좋은데 정원에서 말씀 나누는 것은 어떠세요?"

"그러죠."

김재익이 답하기도 전에 태호가 먼저 답하고 앞장서서 파라솔이 세워져 있는 탁자로 향했다. 괜히 부득부득 안으로 들어가겠다고 우겨 어지러워진 모습을 본다거나 하면 서로를 위해서도 좋은 일이 아니기 때문이다.

곧 태호가 하얀 의자에 걸터앉자 김재익과 이 여사도 나란히 자리를 잡았다.

"형수님의 눈은 완치된 것입니까?"

"물론일세. 하지만 기왕이면 좀 더 충분한 휴식 시간을 갖자고 내가 우겨 이곳으로 오게 되었네."

"잘하셨습니다. 형수님이 정양을 마치는 대로 복직하셔야죠?"

"글쎄……. 요즘 내 처지가 매우 곤란하네. 대통령이 또 입각 제의도 하고 해서 말이야."

"그건 안 될 말입니다. 정권 말기에 괜히 들어갔다 훗날 곤욕 치르기 십상입니다. 총칼로 집권했으니 반드시 후과가 따를 것입니다. 그러니 단호하게 거절하시는 것이 좋겠습니다."

"내 생각도 그래서 몇 번이고 사양했네만, 여전히 강권하고 있으니 참 내……."

"기왕 휴식을 취하는 길이니 충분히 휴식을 취하시고 원래의 자리로 복직하시는 것이 제일 좋겠습니다."

"그 문제는 좀 더 생각해 보기로 함세."

"다른 계획이라도 있는 것입니까?"

"미국 내 연구소와 대학에서도 몇 군데 오라는 곳이 있어서 말이야."

"안 될 말입니다."

"나도 이 회장님이 베풀어준 생각을 하면 그래서는 안 된다는 것은 알아. 한데 내 건강에도 문제가 있단 말이지."

"무슨 말씀입니까?"

"안식구가 치료를 받는 동안 나도 건강검진을 받아보았더니 간도 안 좋고 위 건강도 많이 안 좋아졌더군."

"술도 잘 안 드시는데……."

"간이 나빠지는 데는 꼭 술만 관계있는 것이 아니야."

"그렇긴 하겠습니다만, 그래서 어찌하신다고요?"

"그러니 좀 더 시간 여유를 갖고 결정하려고 하네."

"정 일선에 복귀하기 어려우시다면 이곳 연구소 소장직을 맡아 관리하시는 것은 어떻겠습니까? 기후 좋은 이곳에서 형수님의 건강도 돌보시면서."

"그것도 가능하겠는가?"

"더한 자리에 복귀를 원하는 판인데 그 정도야 제 선에서 얼마든지 결정할 수 있는 사안입니다, 형님."

"나는 방금 자네의 제의가 무척 마음에 드네."

의외로 김재익이 적극적으로 나오자 이번에는 태호가 한 발 뒤로 뺐다.

"형님 말대로 우선 시간은 많으니 추후 결정하시는 것으로 하고, 배고픕니다, 형님."

"하하하! 크게 내놓을 것은 없을 테지만 우선 요기라도 하도록 하세."

이렇게 말한 김재익이 이 여사를 보고 물었다.

"가능하겠지?"

"네, 여보."

셋의 대화는 여기까지였고, 이후 음식이 나왔는데 토스트에 과일과 커피 등 정말 요기 수준의 음식이 나왔다. 이에 태호는 저녁나절에는 그들 부부를 근처 유명 레스토랑으로 초청해 풍성한 저녁 식사를 대접했다.

그러는 동안 정 비서실장은 긴박하게 움직였다. 미국 내 파견 나와 있는 정보원들과 전화 접촉을 하는가 하면 큰 도시에 산재해 있는 삼원상사의 주재원들과도 긴밀히 연락을 취하며 다음 일정을 준비하고 있었다.

다음 날 오전 8시.

태호가 묵고 있는 호텔 앞에는 삼원상사 LA 지사장 장성준이 지사 소속 상사원 두 명과 함께 석 대의 승용차를 끌고 나와 태호 일행을 기다리고 있었다. 그런 장성준 곁에는 김재익도 서성이며 함께 태호를 기다리고 있었다.

체크아웃을 한 태호는 일행을 데리고 나오다가 김재익을 보고 물었다.

"이 자리에 형님은 또 어쩐 일이십니까?"

"아예 내 결심을 전하기 위해서라네."

"어떤 결정을 내리셨습니까?"

"이곳에 머물며 연구소를 관리하고 싶네."

"당분간만입니다."

"허허, 추후의 일은 또 그때 가서 논의하기로 함세."

"알겠습니다. 장 지사장."

"네, 부회장님."

"연구소 용지로 적합한 매물이 나왔다고?"

"그렇습니다."

"선도 차량에 탑승하시게."

"네, 부회장님."

"형님도 함께 가보시겠습니까?"

"아니래도 같이 가볼 참이었네. 나와 관련 있는 연구소 매입 건이라니."

이렇게 되어 선도 차량에는 장성준과 태호의 경호원 두 명이 탑승했고, 상사원이 운전하는 다음 차량에는 태호를 위시해 김재익, 정 비서실장, 윤정민 차장이 동승했다. 또 그다음 차량에는 상사원과 두 명의 경호원이 탑승했다.

그러니까 이곳까지 태호를 수행해 온 경호원들은 윤 차장 조로, 그녀를 포함해 총 다섯 명이었다. 나머지는 모두 본국으로 돌아간 것이다. 아무튼 차량은 머지않아 샌프란시스코로 향하는 101번 고속도로에 진입했고, 차량은 더욱 맹렬한 속도로 질주하기 시작했다.

이렇게 하여 팰로앨토시(市)에서 새너제이시에 걸쳐 있는 길이 48㎞, 너비 16㎞의 띠 모양의 실리콘 벨리에서도 이들이 구매하려는 과수원에 도착하니 사전 연락을 받았는지 백발의 주인 노부부가 기다리고 있었다.

"만나서 반갑습니다."

"환영합니다."

간단하게 인사를 주고받은 태호는 주변을 새삼 둘러보았다.

완만한 경사를 이루며 좌우로 길게 뻗어 있는 골짜기를 중심으로 와인 생산을 위한 푸른 포도밭이 잘 조성되어 있었고,

이 집은 이를 관망하기 좋게 조금 높은 곳에 스페인 풍으로 붉은 양철 지붕을 이은 채 한적하게 서 있었다.

보는 것만으로도 한 폭의 보기 좋은 풍경화를 연출하는 멋진 풍경 속에서 태호는 주인 노부부에게 물었다.

"지금까지 농원을 잘 운영해 오신 것 같은데, 금번에 특별히 팔려고 내놓은 이유라도 있습니까?"

이를 받아 노부인이 불쑥 나섰다.

"내가 팔자고 했어요."

그녀의 말에 태호가 이번에는 노인에게 시선을 돌리자 그가 보충 설명을 했다.

"죽을 때도 머지않았는데 고생 그만하고 도시에 나가 살자는구려. 허허허!"

황혼에 이른 노인의 말에 숙연해짐을 금치 못하며 태호가 말했다.

"자식들은 다 독립해 나갔을 것이고, 얼마 남지 않은 노년을 고생 그만하시고 즐겁게 사는 것도 좋은 일이겠지요."

"내 말이 그 말이에요."

태호의 말을 노부인이 냉큼 받았으므로 일행으로서는 실소를 금할 수 없었다.

"금번에 내놓은 땅 면적이 100에이커쯤 되는 것으로 알고 있습니다. 연구 시설로 전용하기에는 너무 큰 땅이라 그러니 분할해 팔 수는 없습니까?"

1에이커=4,047평방미터=1,224평이다. 따라서 100에이커면 12만 2천 평이나 되는 굉장히 넓은 땅이므로 사실 부담이 되었다.

태호의 물음에 노부인이 또 나섰다. 아무래도 이 집은 부인이 실권을 쥐고 있는 것 같았다.

"그렇게는 안 됩니다. 만약 땅이 남으면 이 영감탱이는 또 포도 농사를 짓는다고 이 땅을 안 떠날 테니까요."

"여보……!"

이 말을 들은 영감이 간절히 원하는 표정으로 노부인을 바라보았으나 부인은 냉담히 돌아섰다.

'거참……'

내심 씁쓸한 입맛을 다시면서 태호는 계속해서 홍정을 이어나갔다.

"우리가 전부 매입하는 대신 시세보다 조금 싸게 파실 수 없습니까?"

"그렇게는 안 되오."

영감이 펄쩍 뛰었으나 노부인은 대답을 않고 영감을 바라보다 말했다.

"조금 빼줄 수는 있지만 많이는 안 됩니다."

"여보!"

· "흥!"

영감의 고함에도 노부인은 냉랭히 콧방귀만 뀔 뿐 영감을
돌아보지도 않았다.

이에 대호는 전술을 바꾸었다.

"목돈이 필요하신 것은 아니지요?"

"시내에서 살 수 있는 집값만 있으면 되고 나머지는 생활비
이니 그 외는 크게 목돈이 필요치는 않소."

"우리는 이곳 땅이 넓으니 연구소와 주거 시설은 물론 모든
편의 시설을 갖출 것입니다. 연구원 및 가족들의 주거 시설을
포함해 마트, 운동 시설, 산책로, 우체국 등 여타 그들이 이용
할 수 있는 모든 편의시설을 이곳에 들여 외부로 굳이 안 나
가도 생활할 수 있게끔 만들 것입니다. 그러니 두 분이 편히
사실 수 있는 공간을 제공하는 것은 일도 아닙니다."

"그렇게 호의를 베푸는 것을 보니 뭔 이유가 있을 것 같군
요."

눈치 빠른 노부인의 말에 태호가 말했다.

"사실 요즘 우리가 많은 투자를 행하고 있습니다. 이곳 실리
콘밸리에 본사를 둔 휴렛팩커드나 인텔, 일본의 대기업 히타
치, 또 앞으로도 몇몇 곳에 투자를 더 할 예정입니다. 그래서
드리는 말씀입니다만, 우선 총 가격의 1/3만 즉시 드리고 나머
지 돈은 은행 이자보다 조금 더 쳐드리다가 3년 후 일시불로

드리는 것으로 하면 안 되겠습니까?"

"무슨 계산을 그딴 식으로 하오? 안 파오. 그냥 돌아가시오. 돈이 모자라는 것을 이리저리 포장하는 모양인데……."

화난 영감의 말에 태호가 적극 해명했다.

"그건 절대 아닙니다. 우리 삼원그룹에 대해 알아보시면 아시겠지만 대한민국에서는 상당히 큰 기업입니다."

태호의 말에 미소 지은 노부인이 별 표정 변화 없이 말했다.

"그렇다면 가격을 깎지 말고 그냥 사세요."

'허, 거참……'

냉정한 노부인의 말에 소리 없는 비명을 지르며 태호는 내심 열심히 머리를 굴렸다.

3년 후에는 달러 당 한국 돈의 가치가 대폭 상승할 것이라 태호는 예측하고 있었다. 지금 한국에서 1달러 당 환율이 880원이다. 그러나 3년 후에는 200원도 넘게 빠져 대략 670원 선이 될 것이다. 이렇게 되면 큰 환차익이 발생해 어느 정도 가격을 올려 줘도 될 것 같아 태호는 다시 흥정에 나섰다.

그 결과 처음 평당 120달러 달라는 것을 105달러까지 깎아 놓았다. 그런데 환율 상승으로 인해 200원이 빠지는 것으로 계산해 보니 2/3 금액만으로도 무려 6억 원의 환차익이 발생했다. 따라서 5달러를 더 높여주되 잔금은 3년 후 완불하는 것으로 계속 흥정해 나간 것이다.

아무튼 그렇게 10여 분의 설득 끝에 결국 노부인이 먼저 동의하고 영감이 노부인의 설득에 동의하는 것으로 어렵게 계약이 체결되었다. 계약이 체결되자마자 태호는 김재익에게 물었다.

"좀 전에 제가 이들 부부에게 하는 말 들으셨죠?"

"물론이네."

"그렇게 연구소 건립을 추진해 주시되 건설사 수배부터 완공까지 이 모든 것을 형님이 주관해 주실 거죠?"

"알겠네. 빠른 시일 내로 완공해 연구원들과 그 가족들이 입주할 수 있도록 최선의 노력을 다하겠네."

"감사합니다, 형님."

"감사는 무슨 감사, 녹을 받으려면 그만한 일을 해야지."

김재익의 말을 끝으로 일행은 그곳을 떠났다.

제5장

기회의 문 II

그들이 다음으로 향한 곳은 같은 실리콘벨리 내에 위치한 레드우드 시티(Redwood City)였다. 인구 5만쯤 되는 그리 크지 않은 도시였다. 태호가 이 도시로 향한 것은 스티브 잡스가 이 도시에 있다는 정보원의 보고를 받고 그를 만나보기 위함이었다.

태호는 가는 내내 많은 생각이 들었다. 제일 처음 그가 생각난 것은 스티브 잡스가 자신이 창업한 회사에서 쫓겨나게 된 상황이다.

애플 II 이후 뚜렷한 히트 상품을 내놓지 못하는 상황이 이어지자 잡스는 경영자로서 좀 더 뛰어난 인물이 필요하다고 느꼈다. 그가 영입 1순위로 생각한 인물은 바로 펩시콜라의 사장이던 존 스컬리(John Sculley)였다.

그는 한때 코카콜라에게 크게 밀리던 펩시콜라를 업계 1위까지 올려놓을 정도로 뛰어난 마케팅 능력을 가지고 있었다. 스컬리를 영입하기 위해 잡스는 18개월이 넘게 끈질긴 구애를 보냈고, '설탕물을 팔며 인생을 보내기보단 우리와 함께 세상을 바꿀 기회를 잡자'는 잡스의 언변에 감탄한 스컬리는 결국 1983년 애플의 CEO직에 오르게 된다.

이렇게 한 배를 타게 된 잡스와 스컬리는 초반에는 매우 사이가 좋았다. 하지만 정통파 경영인인 스컬리는 고집과 개성이 강하고 돌출 행동을 종종 일으키는 잡스를 점차 못마땅하게 보게 되었고, 둘은 사사건건 충돌하게 된다.

둘의 사이가 틀어진 결정적인 계기는 1984년 크리스마스 시즌, 매킨토시의 수요를 과대평가한 잡스의 잘못된 예측 때문에 애플이 막대한 재고를 떠안게 된 일이다. 이로 인해 애플은 큰 손실을 보았고, 전 종업원의 20%를 정리 해고 할 수밖에 없었다.

스컬리는 이러한 실패의 책임을 물어 잡스의 해임을 이사회에 건의했고, 이사회는 투표를 거쳐 잡스의 해임을 결정했다. 사실 잡스는 매킨토시의 수요 예측 실패 외에도 애플 III 및 애플 리사의 연이은 실패로 인해 입지가 크게 좁아진 상태였다.

아무튼 18개월 이상 졸라 모신 CEO에게 쫓겨나는 스티브 잡스도 잡스지만 크게 밀리던 펩시콜라를 업계 1위까지 올려놓을 정도로 뛰어난 수완가이던 스컬리 또한 훗날 경영 악화로 쫓겨나다시피 회사를 나가게 되는 상황을 생각해 보면 참으로 사업의 세계가 비정하다는 느낌이 들었다.

이어 스티브 잡스가 2005년 스탠퍼드 대학교 졸업식 연설에서 행한 유명한 말도 떠올랐다.

"곧 죽게 된다는 생각은 인생에서 중요한 선택을 할 때마다 큰 도움이 된다. 사람들의 기대, 자존심, 실패에 대한 두려움 등 거의 모든 것은 죽음 앞에서 무의미해지고 정말 중요한 것만 남기 때문이다. 죽을 것이라는 사실을 기억한다면 무언가 잃을 게 있다는 생각의 함정을 피할 수 있다. 당신은 잃을 게 없으니 가슴이 시키는 대로 따르지 않을 이유도 없다."

이런저런 생각을 하며 스티브 잡스를 만나러 가는 태호의 마음 또한 결코 가볍지 않았다. 애플에서 물러난 잡스가 곧바로 '넥스트(Next)'라는 회사를 세워 독자적인 워크스테이션 컴퓨터 및 워크스테이션용 운영체제를 개발하려 노력하고 있다는 정보까지 들은 다음이다.

따라서 그를 설득해 자신의 회사로 끌어들이려는 계획이 실패할 확률이 높다는 예감이 들었기 때문이다. 게다가 세상이 다 아는 바와 같이 그는 고집불통인 데다 돈으로 회유할 수 있는 사람도 아니었다.

1977년 탄생한 '애플 II'의 성공에 힘입어 주식 공개를 시작한 1980년 당시 이미 잡스의 자산은 2억 달러에 이를 정도의 대부호였다.

세상을 살다 보면 아이러니하게도 좋은 예감은 잘 맞지 않고 좋지 않은 예감은 왜 이렇게 잘 맞는지 모르겠다. 결론적으로 말해 스티브 잡스와의 상담은 실패로 돌아갔다.

단지 그와 안면을 익혔다는 것 외에는 빈손으로 돌아서야 했고, 더구나 예상한 대로 까칠한 그의 면모를 접했으나 태호는 그래도 웃으며 돌아설 수 있었다. 대략 10년 후면 애플의 경영이 크게 악화된다. 빚더미에 올라앉는 것이다.

그때 많은 기업이 애플에 관심은 갖지만 그들의 요구하는 만큼의 돈은 주려 하지 않는다. 모두 그만한 가치가 없다고 판단했기 때문이다. 이런 사실을 잘 알고 있는 태호로서는 10년 후를 기약하면서 다음 행선지로 향했다.

*　　　　*　　　　*

승용차로 샌프란시스코로 이동한 태호 일행은 그곳에서 워싱턴주 시애틀행 비행기에 올랐고, 시애틀에 도착한 이들은 다시 벨뷰로 이동했다. 이곳에 세상을 놀라게 할 미래의 거대 기업이 자라고 있었기 때문이다.

　태호가 오늘 방문하려는 곳은 마이크로소프트사였다. 사전 약속도 없이 태호 일행이 찾아간 마이크로소프트사는 그 규모가 생각보다 별로 크지 않았다. 아무튼 이방인의 출현에 놀란 표정을 짓는 이들에게 태호는 대표를 면담하고 싶다는 내용을 전했다.

　물론 이 과정에서 자신이 사우스 코리아의 삼원그룹 부회장이라는 소개도 잊지 않았다. 다행히 호기심을 느꼈는지 마침 자리에 있던 빌 게이츠의 허락하에 그와 대면할 수 있는 기회를 가졌다.

　소박한 대표실에 둘이 마주 앉자마자 빌 게이츠가 물었다.

　"무슨 일로 본사를 찾으셨습니까?"

　"귀사에 투자를 하기 위해서입니다."

　"투자요?"

　즉각 반문하고 잠시 생각에 잠긴, 태호보다 젊은 빌 게이츠가 말했다.

　"우리로서는 당장 큰돈이 필요치 않습니다."

　그의 발언에도 느긋한 웃음을 지은 태호가 말했다.

"물론 당장은 필요치 않을지 몰라도 지적재산권을 활용해 독점적인 소프트웨어 시장을 만들려면 자체 개발도 중요하지만 언저리의 다른 기업을 공격적으로 사들일 필요가 있지 않겠습니까?"

태호의 말에 빌 게이츠가 깜짝 놀라는 표정을 지었다. 빌 게이츠가 세계 최고 부자 반열에 오를 수 있던 이면에는 자신과 경쟁할 수 있는 회사를 아예 매입해 독과점 체제를 구축하는 방법을 무수히 사용했기 때문에 가능했다.

따라서 이를 잘 알고 있는 태호였기에 그런 발언을 했고, 빌 게이츠로서는 자신의 야심이 들킨 것 같아 흠칫한 것이다. 빌 게이츠를 당혹케 하는 태호의 발언은 여기서 그치지 않았다.

"올 8월이면 IBM과의 협력 관계도 종료되는 것으로 알고 있습니다. 그렇게 되면 어디서 자금을 마련해 공격적인 경영을 하려 합니까?"

"흐흠, 당신이 그런 정보까지 알고 있으니 내 솔직히 말하겠소. 우리는 그 자금을 나스닥에 상장하는 방식으로 만들려하오."

"내년쯤 말입니까?"

"그렇소."

"그전에 자본금을 더 확충하는 것은 어떻습니까?"

"당신의 투자를 받으란 말이오?"

"그렇습니다."

답한 태호가 바로 빌 게이츠가 전혀 예상치 못한 말을 쏟아냈다.

"무의결권이면 가능하겠습니까?"

여기서 의결권 없는 주식은 이익 배당에 관하여 우선적 내용이 있는 주식에 대해 의결권을 부여하지 않는 주식으로서, 기업의 소유와 경영이 분리되는 경향에 따라 경영에 그다지 관심이 없는 출자자로부터 회사 자금을 조달하는 방법으로 인정되는 주식을 말한다.

아무튼 태호의 제의에는 매력을 느끼는지 빌 게이츠가 즉각 반문했다.

"정말이오?"

"경영에는 전혀 관심 없습니다. 그러나 당신이 경영하는 회사가 틀림없이 큰 기업이 될 것은 확신하고 있소이다."

"하하하! 장차 우리 회사가 대기업이 될 것이라 예상하고 이익 분배에만 관심이 있단 말이죠?"

"그렇소."

"정말 재미있는 제안이오."

잠시 생각에 잠겼던 빌 게이츠가 다시 입을 떼었다.

"얼마쯤 투자하려 하오?"

"투자 금액이 크면 클수록 좋습니다."

"그래요?"

"우리 상법 제334조의 3항에는 발행 주식 총수의 4분의 1까지는 의결권 없는 주식 발행을 허용하는데 이곳은 어떤지 모르겠소."

"이곳도 같은 것으로 알고 있습니다."

"그럼 총 주식의 25%만 투자하는 것으로 하죠."

"흐흠……."

빌 게이츠가 잠시 숙고하는 것 같더니 말했다.

"현재 우리의 총 주식은 300만 주로 내가 45%를 소유하고 있고 앨런이 8%, 발머가 1%를 가지고 있소. 물론 나머지는 액수가 적은 다수의 개인 투자자들이지요. 그러니 가능은 합니다만."

"4백만 주로 증자를 하고 그 25%를 우리 그룹에 주는 방향으로 추진하는 것은 어떻습니까?"

"백만 주 증자는 크게 문제될 것은 없으나, 요는 주당 가격을 얼마로 책정하느냐는 것이 가장 중요하지 않겠소?"

"물론입니다. 주당 10달러."

"에이, 너무 적소. 주당 20달러는 되어야 하오."

"서로 오래 밀고 당기고 해봐야 화기만 상할 것이니 그 중간선인 15달러에 매듭지읍시다."

"화끈해서 좋소. 그렇게 하는 것으로 하고 계약서를 작성하도록 합시다."

"고맙습니다."

"별말씀을. 서로 윈윈 하는 것이죠."

이렇게 되어 실무자 선에서 계약서가 작성되게 되었다. 그 중요한 내용은 다음과 같다. 즉, 삼원그룹이 400만 주의 1/4인 100만 주를 획득하는 조건으로 1천 5백만 달러, 즉 현 환율로 132억 원을 투자하되 그 납부 기한은 8월 31일까지였다.

이렇게 마이크로소프트사를 방문해 기대 이상의 투자를 성사시킨 태호는 다시 로스앤젤레스로 돌아와 1박을 하고 곧장 남아프리카공화국의 요하네스버그로 향하는 비행기에 몸을 실었다.

*   *   *

장시간의 비행으로 일행 모두가 피곤함을 느끼고 있는데 요하네스버그 국제공항에 내리니 공항 직원들이 한 술 더 떠 피곤함을 가중시키고 있었다. 가방을 비롯한 온갖 짐은 물론 몸 수색도 아주 철저히 하는 바람에 시간이 지연되고 사람의 짜증을 유발케 하고 있었다.

아무튼 이렇게 해 태호 이하 일행이 검색대를 빠져나오니 두 사람이 일행을 기다리고 있었다. 남아공 지사장인 유인걸 팀장과 앵글로 아메리칸의 레인 힐튼 양이다.

"어서 오십시오, 부회장님!"

"남아공에 오신 것을 진심으로 환영합니다."

"반갑소!"

두 사람의 인사에 태호는 차례로 이들의 손을 맞잡았다. 그리고 출국장을 빠져나가려는데 유 팀장이 제지했다.

"잠시만요, 부회장님!"

"무슨 일 있소?"

"나눠 드릴 것이 있습니다."

말과 함께 유 팀장은 자신이 가져온 가방에서 손전등을 꺼내더니 차례로 나누어 주기 시작했다. 이 모습을 보고 태호가 물었다.

"전기가 안 들어오는 것이오? 아무리 그래도 그렇지 지금은 밝은 대낮인데……."

"그게 아니고요, 이곳은 수시로 폭탄 테러가 일어나 정전 사태가 잦습니다. 그래서 누구나 비상용으로 손전등 하나씩은 휴대하고 다니는 것이 보편화되어 있습니다."

이 말을 들은 태호 이하 모두는 '괜히 온 것이 아닌가?' 하는 생각과 함께 오싹함을 느꼈다. 하지만 태호는 그럴수록 태연하려 애쓰며 말했다.

"이곳의 치안이 매우 불안한 모양이군."

"그렇습니다."

"용케도 이런 곳에 버티고 있다니 유 팀장도 그렇고 힐튼 양도 대단하게 보이는걸."

태호의 칭찬에 멋쩍게 웃은 유 팀장이 정색을 하고 말했다.

"아닌 게 아니라 이곳에 한국 기업은 우리밖에 없습니다. 영사관은 물론 무역진흥공사까지 모두 철수하고 여타 대기업도 지금은 모두 떠난 상태입니다. 물론 치안 불안 때문도 있고, 이 나라의 아파르트헤이트라는 인종차별 정책에 미국이 압력을 행사한 까닭이죠. 덕분에 우리가 수입하는 가전제품은 없어서 못 팔 지경입니다."

"위험이 있는 곳에 기회가 있다는 말이로군."

"그렇습니다, 부회장님. 자, 가실까요?"

"그럽시다."

이들은 곧 둘이 가져온 승용차를 타고 시내 중심부로 향했다.

그렇게 약 20㎞를 달려 이들이 도착한 곳은 허름한 한 채의 2층 건물이었다. 곧 차에서 내린 태호는 주변 일대를 둘러보다 지사 건물이라 생각되는 2층 건물에 눈길이 멎는 순간 의아함을 금할 수 없었다. 그래서 유 팀장에게 물었다.

"이곳이 우리 지사 건물 맞소?"

"네, 부회장님."

"그런데 왜 간판이 삼원이 아닌 영건(Young—gun)이오?"

"미국의 압력 때문에 어쩔 수 없습니다. 남아공과 거래하는 기업은 모두 제재 대상이기 때문에 어쩔 수 없이……."

"무슨 말인지 알겠소. 뒤늦게 세계시장에 뛰어드는 우리로서는 어쩔 수 없는 선택이지. 안전만 추구하다 보면 발전이 더딜 수밖에."

씁쓸한 웃음을 매단 태호가 유 팀장의 안내로 1층으로 향하려는데 갑자기 2층 외부 계단이 소란스러워지더니 젊은 부인 하나와 어린아이 둘이 빠르게 계단을 내려오고 있었다.

이를 보고 유 팀장이 말했다.

"아내와 자식들입니다."

"지사원도 없이 이 외로운 땅에서 위험하긴 하지만 가족이 함께한다니 다행이오."

"네."

태호는 곧 유 팀장의 부인과 인사를 나누고 여덟 살 난 아들과 여섯 살 난 딸을 안아주는 등 잠시 이들 가족과 함께하다가 1층 사무실로 향했다.

곧 1층 사무실로 들어온 태호는 내부를 한 바퀴 빠른 속도로 훑어보았다. 책상 하나에 전화기, 타자기, 그리고 팩시밀리 한 대가 전부인 사무용품과 온갖 샘플로 가득 찬 내부를 둘러본 태호가 다 낡은 소파에 털썩 주저앉으니 어느새 다가온 힐튼 양이 말했다.

"오늘 저녁은 유 팀장님께서 한국식으로 접대를 한다니 저는 내일 아침 모시러 오겠습니다."

"그렇게 하시지요."

곧 그녀마저 보낸 태호는 곧 유 팀장으로부터 업무 보고를 받고 잠시 휴식을 취했다. 그리고 저녁나절에는 부인이 준비한 흰 쌀밥에 된장찌개와 김치로 모처럼 한식으로 포식한 뒤 호텔로 이동해 잠을 잤다.

다음 날 오전 8시.

약속대로 레인 힐튼 양이 호텔로 찾아왔다. 물론 유 팀장도 함께였다. 곧 태호는 일행과 함께 앵글로 아메리칸 본사로 향했다. 시내 중심가에 위치한 12층 본사 앞에는 대낮임에도 불구하고 무장한 병력이 사옥을 지키고 있었다.

이를 보고 다시 한번 남아공이 위험한 곳임을 절감한 태호였지만 아무런 내색 없이 힐튼 양의 안내로 엘리베이터를 타고 최고층으로 올라갔다. 곧 12층에 도착한 일행은 회장실로 직행했다.

태호가 힐튼 양의 안내로 회장실 문을 열고 들어가니 소파에 다리를 꼬고 비스듬히 앉아 있던 60세 전후의 백인이 급히 일어나 태호를 맞았다. 스티브 래버슨 회장이었다.

"환영합니다. 하하하! 스티브 래버슨이오."

"반갑습니다. 김태호라 합니다."

활달한 성격인지 보자마자 크게 웃으며 포옹하는 큰 덩치에 태호 또한 적절하게 응대하며 곧 소파에 그와 마주 앉았다.

"우리와 자원 분야의 협력을 강화하고 싶다고요?"

"그렇습니다, 회장님."

"마침 좋은 기회에 잘 오셨소. 사실 얼마 전에 콩고민주공화국(Democratic Republic of the Congo)에 있는 코발트광 하나를 인수했는데 참여를 원한다면 합작 생산 할 용의가 있소이다."

"너무 갑작스러운 제안이라서……."

"내가 극동 담당일 때 배운 말이오만, 백 번 듣는 것보다 한 번 보는 것이 낫다 하지 않았소?"

"하하하! 그렇습니다."

"내 부회장님께서 호쾌하게 나오실 줄 알고 미리 준비를 다 해놨습니다. 현장 책임자와 한번 그곳을 방문해 보고 결단을 내려주기 바라오. 아주 유망 광구이니 그 점은 걱정 말고, 서로 사업을 새로 시작하려는 마당에 좋은 곳을 추천하지 않으면 우리의 거래가 바로 깨질 것 같아 우리도 신중하게 고른 선물이라오."

"그렇게 말씀하시니 일단 그 광산을 한번 보고 와서 말씀드리도록 하겠습니다."

"좋습니다, 좋아! 하하하! 레인 힐튼!"

"네?"

"페드로 킨테로스(Pedro Quinteros) 매니저에게 준비됐는지 물어봐요."

"네, 회장님."

레인 힐튼 양이 급히 전화기 있는 곳으로 가는 것을 보며 태호는 번갯불에 콩 구워 먹듯 빠르게 진행시키는 회장을 보고 혹시 희대의 사기꾼이 아닌가 하는 의구심이 들었다.

그러나 태호는 곧 마음을 고쳐먹었다. 현장을 보고 판단해도 늦지 않다고 생각한 것이다. 물론 현장에서 모든 것을 다 파악할 수는 없겠지만, 대략적으로는 판단할 수 있다고 달리 마음먹은 것이다.

태호가 이런저런 생각을 하고 있는데 통화를 끝낸 레인 힐튼 양이 돌아와 보고했다.

"준비되었습니다, 회장님."

"아, 그래요? 그렇다면 힐튼 양도 동행하고, 기왕 가는 것 무탄다 구리 광산도 보여주도록 하세요."

"알겠습니다."

지시를 끝낸 스티브 래버슨 회장이 태호를 보고 말했다.

"다녀오시죠."

"네."

대답과 동시에 태호가 자리에서 일어나자 그가 덧붙였다.

"비행기는 8인승이니 참고하시고."

"알겠습니다."

곧 건물 밖으로 나온 일행은 두 대의 승용차에 분승해 공항으로 향했다. 공항에 도착하니 한 사람이 일행을 기다리고 있었다. 힐튼 양이 그 사람을 태호 일행에게 소개했다.

"페드로 킨테로스라고, 가보려는 광산의 최고경영자입니다."

"반갑습니다. 김태호라 합니다."

"우리 광산을 견학하게 된 것을 진심으로 환영하는 바입니다."

태호는 곧 40대 중반의 스페인계 사람으로 보이는 킨테로스와 악수를 교환했다. 통성명이 끝나자 킨테로스가 말했다.

"동행할 인원을 여섯 명 이하로 제한해 주셨으면 좋겠습니다."

이에 태호는 윤 차장에게 지시했다.

"윤 차장 외에 한 명만 더 수행하는 것으로 하고 나머지는 숙소에서 쉴 수 있도록."

"네, 부회장님."

이렇게 되어 태호 외에 유인걸 팀장, 정 비서실장, 그리고 윤 차장과 한 명의 남 경호원만이 태호 측에서는 탑승하기로 결정되었다.

인원 구성을 끝내자 곧 출국 소속이 진행되었고, 잠시 후 킨테로스와 힐튼을 포함한 일행은 하늘을 날 수 있었다.

*   *   *

아프리카의 눈부신 태양빛을 받으며 날아가는 8인승 비행기 밑으로 검푸르게 빛나는 것이 보였다. 콩고민주공화국 영토와 그 위에 둥글게 파인 거대한 구덩이였다.

하늘에서 내려다보면 검푸른빛으로 물든 모습이 세계에서 가장 가난하고 외진 나라 중 하나인 콩고가 땅 밑에 엄청난 양의 광물자원을 가지고 있다는 걸 암시하는 것처럼 보였다.

광활한 아프리카의 중심부에 위치한 콩고는 '자원의 저주'가 적용되는 나라이다. 자원의 저주란 대규모 광물자원을 가진 나라들이 만연한 부패와 갈등에 빠지는 현상을 말한다. 아무튼 콩고는 주석, 코발트, 구리, 다이아몬드, 금 외에도 여타 다른 무수한 광물자원을 보유하고 있는 나라이다.

그러나 유엔 발전 순위로 보면 188개국 중 176위를 차지할 정도로 가난하고 평균 수명은 57세, 연 평균 수입 336달러에 불과한 나라이다. 수십 년 동안 지속된 내전 때문에 수십만 명이 사망하기도 했다.

이런 나라의 하늘을 날던 경비행기는 마침내 작은 활주로에 착륙했다. 그리고 일행은 대기하고 있던 차량에 올라 비포장도로를 한참 동안 달렸다. 그리고도 흙벽돌집을 따라 30분 정도 더 달려서야 비로소 검푸른빛의 실체가 명확하게 드러났다.

거대한 구덩이였다. 모든 것을 삼키고도 남을 거대한 구덩이를 태호 일행이 질린 표정으로 바라보고 있는데, 페드로 킨테로스는 친절하게도 설명까지 한다. 구덩이 가장자리에서 바닥까지의 깊이는 450피트(137m)라고. 페루 엔지니어 출신 킨테로스의 설명은 계속되었다.

"세계 최고의 광산 중 일부가 이 콩고에 있고, 그중 하나를 우리는 지금 보고 있습니다. 특이하게도 이곳의 광석만은 구리가 30%나 함유되어 있습니다. 통상 1%, 칠레의 경우에는 0.5% 미만으로 함유돼 있는데 말이죠."

3개 대륙에서 수십 년 동안 채굴을 전문으로 한 그이고, 현재는 우리가 방문한 무탄다 마이닝(Mutanda Mining)이라는 9년 된 코발트 및 구리 광산 시설의 최고경영자를 맡고 있는 그의 설명을 들으며 거대한 갱 속 바닥을 내려다보았다.

110톤 트럭들이 돌과 흙을 퍼 담으며 지상으로 귀중한 광물을 싣고 올라오는 광경이 일행을 놀라게 했다. 그러나 태호의 머릿속에는 의문이 가득했다. 그래서 질문을 던졌다.

"채광도 정상적으로 잘되고 있고 운영도 순조로울 것 같은데, 우리에게 합작을 제의하는 이유를 모르겠습니다."

"솔직하게 말씀드리겠습니다. 보이는 것이 다입니다."

"네?"

제대로 이해를 못 한 태호가 반문하자 그가 자세한 설명을 덧붙였다.

"일단 광맥이 여기에서 멈추었습니다. 우리의 탐사 결과로는 단절되었던 광맥이 지하 2천 피트(600m) 밑에 다시 대규모로 존재합니다. 따라서 이를 제대로 개발하려면 최소 3개의 샤프트(shaft: 수직 통로, 수갱)를 뚫어야 할 것으로 판단하고 있습니다."

"그러니까 대규모 투자비가 선행되니 우리보고 돈을 대라?"

"그렇습니다. 수항을 뚫는 동안은 손가락만 빨고 있어야 하니 우리로서도 쉽지 않은 일입니다. 따라서 개발을 해야 할지 말아야 할지 결정하기 쉽지 않은 데다, 현재와 같은 자원 시세라면 심부화됨으로써 증가되는 채광비를 감안하면 크게 남을 것도 없어 목하 고민 중입니다."

어쩐지 선뜻 합작 제의를 하더라니. 비로소 태호는 이해가 되었다. 속사정을 이해한 태호는 내심 계산을 했다. 요는 2천 년대 이후이다. 이때는 급속한 경제 발전을 이룬 중국이 국제

자원 시장의 큰손으로 등장한다.

큰손 정도가 아니라 세계의 자원이란 자원은 모두 블랙홀처럼 빨아들이는 최대 자원 소비국이 됨은 물론, 국제 자원 개발에 적극적으로 뛰어드는 시기이기도 하다. 따라서 개발을 해도 이익을 남길 수 있고, 매장량만 확실하다면 그냥 그들에게 팔아도 큰 이익을 남길 것 같다.

이렇게 계산이 끝나자 태호는 킨테로스에게 물었다.

"현재 채광 중인 광석은 얼마나 더 채광할 수 있겠습니까?"

"내가 죽는 소리를 했지만 최소 5년, 길게 10년까지는 더 생산할 수 있다고 판단하고 있습니다."

"요는 그 이후라는 말이군요?"

"그렇습니다."

"좋습니다. 결정했습니다. 그전에 탐사 자료를 우리가 볼 수 있어야 합니다."

"당연하죠. 지금이 어느 시대인데 매장량 가지고 장난을 치겠습니까?"

"좋습니다. 이제 구리 광산을 보러 갈까요?"

"어떤 결정을 내리셨습니까?"

"좋은 쪽으로."

"하하하! 고맙습니다."

이것을 끝으로 무탄다 마이닝 광산에서 등을 돌린 일행은 곧 8인승 경비행기에 올라 다시 하늘을 날기 시작했다. 기수를 남으로 돌린 경비행기는 콩고의 국토가 작은 것이 아니라는 것을 증명하듯 한없이 날 것 같더니 갑자기 고도를 낮추기 시작했다.

그러자 킨테로스가 설명을 하기 시작했다.

"이곳은 수도 킨샤사(Kinshasa)에서 800마일 떨어진 콩고 최남단 카탕가(Katanga)주이고, 저 작게 보이는 것은 콜웨지(Kolwezi) 공항의 활주로입니다. 문제는 저 공항 활주로가 너무 엉망이라 지금은 착륙조차 할 수 없다는 것이죠. 그러니 무탄다 구리 광산은 하늘에서 보는 수밖에 없습니다."

"아직 개발이 전혀 이루어지지 않았군요?"

"그렇습니다."

이때 레인 힐튼 양이 처음으로 광산에 대해 언급했다.

"저 구리 및 코발트 광산을 개발하려면 좀 전에 말한 공항의 활주로를 개·보수해야 함은 물론 저 밑의 루알라바 강(Lualaba River)을 건너기 위한 다리도 신규로 가설해야 합니다. 우리의 계산으로는 저 다리 가설 비용만도 최소 1,000만 달러가 투입되어야 할 것으로 예상하고 있습니다."

여기서 태호를 힐끗 다시 바라본 그녀의 말이 이어졌다.

"뿐만 아닙니다. 우리는 광산에도 대규모 투자를 진행할 예정입니다. 최대 생산성을 이끌어내기 위해 최첨단 하이테크

설비를 갖추어 24시간 채광할 예정입니다. 그렇게 해 어느 정도 세월이 지나면 연간 22만 톤의 구리와 2만 5,000톤의 코발트가 생산될 것으로 예측하고 있습니다."

그녀의 말은 계속되었다.

"또 이렇게 되기 위해서는 자원만 착취해 간다고 생각하는 정부와 지역 주민들을 배려해 우리는 회사 근처에 직원 자녀를 위한 학교를 설립할 예정이고, 응급 상황이 발생할 경우 지역 주민들을 치료하기 위한 자사 병원도 갖추어 무료로 치료받을 수 있도록 할 계획입니다. 또 숙련공들은 8주씩 단지 내 별장에 머물며 널찍한 클럽 하우스에서 식사를 할 수 있도록 최선의 복지시설을 갖출 예정입니다. 그래야 그들의 불만을 떠나 최대의 생산성을 이끌어낼 수 있다고 판단하고 있기 때문입니다."

"한마디로 엄청난 자본이 투자되어 무에서 유를 창조하는 것이군요."

"아주 적절한 표현이십니다."

킨테로스의 말에 싱긋 웃은 태호가 물었다.

"저 광산에도 투자가 가능하다는 얘깁니까?"

"물론입니다. 천문학적 자금이 투입되는 프로젝트라 합작 파트너를 원하고 있습니다."

"좋습니다. 저곳의 탐사 자료도 부탁드리겠습니다."

"합작을 원한다면 그것은 기본이죠."

이렇게 두 거대 광산을 돌아본 태호 일행은 다음 날 요하네스버그로 다시 돌아왔다. 돌아오는 내내 비행기 속에서 태호는 곰곰이 생각해 보았다. 앵글로 아메리칸그룹이 자신을 대하는 태도를.

그 결과 회장 이하 모두 자신의 속사정을 그대로 드러내고 투자를 원하고 있다는 판단을 했다. 그래서 태호도 모든 것을 솔직하게 말하고 이들과 협상을 진척시켜 나가기로 했다.

이런 생각하에 태호는 돌아오자마자 스티브 래버슨 회장과 마주 앉아 진지한 대화를 나누기 시작했다.

"지금까지 며칠간의 행적을 돌아보면 회장님 이하 앵글로 아메리칸 직원 모두 진실로 합작을 원하고 있는 것을 알았습니다. 그래서 저도 솔직하게 말씀드리겠습니다."

"좋아요. 내가 진실로 원하는 것도 그런 협상 태도요. 상대를 기만하는 것은 절대 오래가지 못하니까."

"네. 저는 제가 본 두 개의 광산 모두에 투자를 하고 싶습니다. 그러나 지금 당장은 아닙니다."

"왜요?"

"제 예측으로는 세기가 바뀌는 2천대 이후에는 현 시세와는 비교도 안 될 만큼 국제 원자재 시세가 큰 폭으로 상승할 것입니다."

"그렇게 보는 근거라도 있소?"

"그때 가면 중국이 세계 최대의 자원 소비국으로 부상해 모든 자원을 블랙홀처럼 빨아들일 개연성이 아주 큽니다."

"흐흠……!"

태호의 말에 잠시 생각에 잠긴 그가 말했다.

"부회장님의 지적이 아니었다면 나도 간과하고 넘어갔을 것인데, 말씀을 들어보니 충분히 개연성 있는 예측입니다."

"따라서 저는 그때쯤 개발이 완료되어 대규모 생산량을 토해낼 수 있게 시기를 조절하고 싶습니다."

"허허, 그래요? 일리 있는 이야기는 이야기인데……."

턱을 쓰다듬으며 잠시 생각에 잠긴 래버슨 회장이 다시 입을 떼었다.

"좋습니다. 그렇게 합작 투자를 진행하는 것으로 하죠."

"감사합니다."

일단 사의를 표한 태호가 다시 입을 열었다.

"전자 제품 합작 건 말입니다."

"말씀하세요."

"솔직히 우리 그룹은 지금에 와서야 인텔, 휴렛팩커드 및 히타치와 대규모 합작 생산을 진행하고 있는 중입니다. 따라서 이 부문도 어느 정도 세월이 지나 우리가 기술 자립을 이루었을 때 대규모 합작 투자를 진행시키고 싶습니다."

"하하하! 솔직해서 좋습니다. 우리라고 왜 저간의 사정을 모르겠습니까? 좋습니다. 그 또한 그렇게 합시다. 단 합작 생산은 못하더라도 수입은 함께해 국내시장에 팔수는 있는 것 아닙니까? 꼭 전자 분야만 고집할 것이 아니라 전 품목에 대해서도 말이죠."

그의 제의에 태호는 빠르게 머리를 굴렸다. 남아공의 경제를 좌지우지하는 막강한 앵글로 아메리칸그룹과 손을 잡는다면 그쪽도 보다 안전하고 유망할 것 같았다. 그래서 태호가 답했다.

"아시는지 모르겠지만 그 분야는 삼원이 아닌 현 우리의 남아공 지사의 이름인 영건으로 하되, 영건을 별도 법인으로 설립하겠습니다."

"그래야만 귀 그룹이 다치지 않을 것이니 양해합니다. 하하하!"

이렇게 앵글로 아메리칸그룹 및 회장과 의기투합한 양측은 지금까지 나온 이야기를 바탕으로 곧 실무자를 불러들여 조문 작업에 착수했다.

제6장

성과급

조문화된 내용을 축약한다면 광산 개발과 전자 제품 합작 생산은 90년대 이후 정식으로 진행하되, 수입 상사는 영건이 별도 법인체로 거듭나는 대로 50 대 50의 자본 비율로 바로 시작하기로 했다.

　아무튼 이렇게 조문 작업을 마치고 태호가 회장실을 빠져 나오자, 함께 있던 레인 힐튼 양 또한 따라 나와 태호의 귓가에 속삭이듯 말했다.

　"오늘 저녁은 저희 집에서 드시는 것으로 하세요."

　전혀 생각도 못 한 제의에 태호가 잠시 생각에 잠겼다 답했다.

"알겠습니다. 두 명의 경호원만 대동하겠습니다."

"핏."

싫은지 괴상한 표정을 지은 그녀가 이내 고개를 끄덕이며 말했다.

"숙소에 계시면 준비되는 대로 모시러 가겠습니다."

"알겠습니다."

곧 레인 힐튼은 다시 회장실로 돌아가고 태호는 엘리베이터를 탔다. 그리고 건물을 벗어나니 어느덧 저녁때가 되어 해가 서쪽 하늘에 걸려 있었다.

*   *   *

저녁 7시 30분.

힐튼의 말에 저녁도 못 먹고 배 안에서 천둥이 치고 있는데도 태호는 마냥 기다리고 있었다. 마침내 기다리고 기다리던 힐튼 양이 나타났다. 곧 태호는 윤 차장과 남석민이라는 경호원만 대동하고 그녀가 몰고 온 차에 올랐다.

예의상 태호가 조수석에 앉자 운전대를 잡은 그녀가 빙긋 웃으며 말했다.

"부회장님은 확실히 뭘 아는 분이세요."

"……."

태호가 말없이 빙긋 웃자 그녀가 지나가는 무리를 가리키
며 말했다.

"지나가는 행인 중 흑인이 한 명이라도 있는지 보세요."

"어? 정말 한 명도 없네요. 어찌 된 일입니까?"

"오후 5시만 되면 자신이 살고 있는 동네로 무조건 귀가해
야 돼요."

"거참, 희한한 법도 다 있네."

"이 남아공에는 백인 동네와 흑인 동네가 따로 있어요. 백
인들은 타운에 살고 흑인들은 타운십(Township: 흑인들만의
거주 지역)에서 살아요. 타운에서 30분 거리에 있죠. 제가 이
런 말을 왜 하느냐 하면 실수로라도 그들 동네에 들어가지 말
라는 말이에요."

이 대목에서 태호를 힐끗 한번 바라본 그녀의 이야기가 계
속되었다.

"타운십 동네 입구에는 항상 무장한 장갑차가 진주해 있어
요. 이는 흑인들의 대규모 폭동을 두려워한 정부의 조치이기
도 하고, 백인들을 가로막는 역할을 하기도 해요. 괜히 들어갔
다 봉변당할까 봐 입구부터 못 들어가게 하는 것이죠."

"흑인들은 어떻게 생활합니까?"

"그들은 주로 아침에 타운으로 와서 공장에서 일하거나 사
무실 주방 일, 청소부, 주차 요원 등의 일을 하고 오후 5시 전

에 자신들의 동네로 귀가하죠."

"흐흠! 완전히 흑백 분리로군."

"그래요."

둘이 이렇게 이런저런 이야기를 나누다 보니 도로변에 낮은 담장에 둘러싸인 하얀 단층집이 보였고, 이를 본 힐튼 양이 말했다.

"다 왔어요."

곧 차에서 내린 태호 일행은 푸르게 빛나는 잔디밭을 지나 집 안으로 향했다. 주차를 마친 힐튼 양이 빠르게 걸어와 노크를 했다. 그러자 안에서 말소리가 들려왔다.

"엄마야?"

"그래, 문 열어."

"네."

곧 문이 열리며 다섯 살쯤 되어 보이는 푸른 눈의 인형 같은 아이가 힐튼의 품으로 달려들었다. 이를 보고 태호가 물었다.

"따님입니까?"

"네. 귀엽죠?"

"정말 귀엽네요. 인형처럼 예쁘기도 하고요."

"이 아이 키우는 보람으로 살아요."

아이를 안아 든 힐튼이 먼저 거실로 들어가 불을 환하게 켜

더니 아이를 바닥에 내려놓고 따라 들어온 태호를 가리키며
말했다.

"저 아저씨와 놀고 있어. 엄마가 상 차릴 동안."

"싫어!"

딱 잘라 거절하며 제 엄마의 치마를 잡고 주방까지 쫓아가
는 인형 같은 모습의 아이였다. 이에 치맛자락에서 아이를 떼
어놓으며 힐튼이 말했다.

"보다시피 낯가림이 심해요."

"낮에는 누가 보살핍니까?"

"흑인 가정부. 그래서 다섯 시만 되면 총알같이 퇴근해야 해
요."

말을 하며 가스레인지에 불을 붙인 힐튼이 식탁을 가리키
며 말했다.

"잠시만 앉아 계세요."

그녀의 말대로 잠시 기다리니 의외의 음식이 나왔다.

불고기전골에 흰 쌀밥, 그리고 소주 세 병이 식탁으로 올라
왔다. 묻기도 전에 그녀가 설명했다.

"지난번 한국에서 대접받은 것을 잊지 못해 유 팀장에게 부
탁해 구한 거예요."

"남아공에서 이런 대접을 받으니 감개무량합니다."

"맛이 어떨지 모르지만 맛있게 드셨으면 좋겠어요. 양은 많

으니 얼마든지 더 주문하시고요."

"그러죠."

곧 아이 포함 다섯 명의 식사가 시작되었고, 머지않아 식사가 끝났다. 그러자 채 식탁도 치우지도 않은 채 힐튼 양이 말했다.

"제 방 구경시켜 드릴게요."

그녀의 말이 남사스러워 태호가 윤 차장을 바라보니 그녀는 벌써 눈치 빠르게 고개 돌려 외면하고 있었다. 이에 태호 또한 아무렇지 않은 표정으로 그녀를 따라 그녀의 방 안으로 들어갔다. 물론 잠시도 떨어지지 않으려는 꼬마 인형도 함께였다.

방에 들어서자마자 문을 걸어 잠근 그녀가 대뜸 태호의 품으로 뛰어들더니 맹렬한 키스 세례를 퍼부었다. 얼결에 당한 태호가 그녀를 떼어놓을 새도 없이 훼방꾼의 목소리가 실내에 울려 퍼졌다.

"엄마!"

꼬마의 산통에 어쩔 수 없이 떨어지는 그녀를 보고 태호가 입술을 닦으며 말했다.

"내 진심을 말하죠. 영원한 친구로 남고 싶습니다."

"제가 여자로서의 매력이 없나 보죠?"

"절대, 절대 그게 아닙니다. 차고 넘칩니다. 하지만 솔직히 저로서는 양심에 부끄러운 짓을 할 수 없습니다."

"좋아요. 정 그러시다면 친구로 남죠. 그런데 솔직히 서운하긴 하네요."

"하하하! 솔직히 나도 많은 미련이 남습니다. 하지만 영원한 친구로 남는 게 더 좋겠습니다."

"더 이상 그런 이야기 그만하죠."

샐쭉한 그녀에게 접근해 가볍게 그녀의 이마에 뽀뽀를 한 태호가 말했다.

"만약 살다 어려운 일이 있으면 언제든 연락하세요. 친구로서 언제든 당신 곁에 머물며 당신을 돕겠습니다."

"진심이 느껴지네요."

"빈말은 하지 않습니다."

"좋아요. 악수!"

새삼 악수를 청하는 그녀의 청에 따라 태호는 그녀의 손을 단단히 잡아주었다.

이렇게 시작된 두 사람의 우정이 그녀를 앵글로 아메리칸그룹 최초의 여성 CEO로 만들어줄 줄은 이 시점에서 그 누구도 예상치 못했다.

다음 날 태호는 모든 일정을 마치고 귀국길에 올랐다.

*　　　*　　　*

한국으로 돌아오자마자 태호는 이 회장께 모든 경과를 보고하는 것을 시작으로 제반 조치를 취해 나가기 시작했다. 먼저 중국과의 합작을 순조롭게 진행시키기 위한 자금을 홍콩 법인 칠원상사에 보내도록 했다.

북경과 상해의 호텔 부지 매입 대금, 남경 시멘트 공장, 상해 푸동지구의 제과, 라면 공장 부지 매입 대금을 지원함은 물론, 상해 지사도 신속히 설립하도록 독촉했다.

이어 태호는 연구소가 지어질 포도밭 대금 1/3과 마이크로 소프트의 25% 주식 대금 1,500만 달러에 해당하는 132억 원을 즉각 환전하여 빌 게이츠가 건넨 계좌로 입금시키도록 했다.

이 조치가 끝나자마자 태호는 남아공 영건을 별도 법인으로 독립시킬 것을 지시했고, 그 과정에서 유 팀장을 사장으로 발령 내고 직원 열 명을 보내도록 했다. 또 이에 따른 소요 경비 및 공동 출자금으로 12만 달러를 배정토록 했다.

이 모든 조치가 끝나자 태호는 청주 오창에 조성 중인 자가 공단의 매입 실태를 보고받았다. 이 과정에서 태호는 처음으로 제대로 된 화를 냈다. 토지 매입이 너무 지지부진했기 때문이다.

가격을 올려달라고 떼를 쓰는 그들과의 협상으로만 허송세월하고 있었기 때문이다. 하긴 오창의 지주들을 생각하면 그럴 만도 하다는 생각도 들었다. 이들의 고집으로 인해 청주는 역사적으로 큰 발전의 기회를 한 번 놓친 적이 있었다.

경부선 철도가 애초에는 이 오창 뜰을 지나가기로 설계되어 있었다. 그러나 지주들의 맹렬한 반대에 의해 결국 조치원을 지나 대전이 큰 역으로 발전하는 계기가 되었다.

당시는 대전이 아닌 한밭이라는 한미한 마을이 오늘날 광역시의 하나가 될 정도로 발전한 것은 경부와 호남의 기점 역이 됨으로써 가능했던 것이다. 아무튼 이런 역사적 사실까지 알고 있는 태호였지만 미지근한 대응에 화가 나서 자신이 직접 움직이기 시작했다.

민정당 대표 노태우를 만나 사정을 호소한 것을 시작으로 전 통까지 직접 만나 저간의 사정을 전하고 정부에 수용령을 건의한 것이다. 그런 태호의 노력은 곧 현실화되어 수용령이 떨어졌다.

이렇게 되자 정부가 직접 나서서 토지를 사들이기 시작했고, 주민들의 의사와는 전혀 무관한 강제 매입이 시작되었다. 정부에서 책정한 가격 외에는 절대 보상해 주지 않은 것이다.

그랬음에도 불구하고 이 기간이 연말까지 가 제대로 된 공사는 86년이 되어서야 시작될 수 있었다. 그것도 어느 정도 해동이 된 2월 중순이 지나서야. 아무튼 이렇게 세월이 흘러

86년도 2월 달에 접어든 어느 날이다.

전혀 예상치 못한 전화 한 통이 태호에게 걸려왔다. 마이크로소프트사의 빌 게이츠로부터였다. 그것도 아침 업무를 막 시작하려는 오전 8시쯤이었다.

—안녕하십니까?

"네, 안녕하세요."

—그곳은 지금 시간이 어떻게 되십니까?

"지금 오전 8시입니다. 무엇 때문에 전화를 하셨나요?"

—이번에 무상증자를 늘릴 계획이 생겨 연락드렸습니다.

"무상증자라고요?"

—네, 그렇습니다.

"얼마만 한 규모로요?"

—총 4천만 주로 대폭 늘릴까 합니다.

"네?"

너무 놀란 태호가 반사적으로 물었지만 빌 게이츠는 당연한 반응으로 받아들이고 웃으며 이야기했다.

—당신의 선택은 너무 현명했습니다. 당신이나 나나 우리는 곧 돈방석에 앉게 될 것입니다.

"주식을 상장할 계획입니까?"

—물론입니다. 그것도 가급적 빠른 시일 내에. 3월을 안 넘길 예정입니다.

"백번 환영합니다. 뜻대로 하세요."

―동의할 줄 알았습니다. 주간사가 선정되는 대로 다시 연락드리겠습니다.

"오케이!"

전화를 끊자마자 태호는 두 손을 번쩍 치켜들고 괴성을 질렀다.

"우와! 만세, 만세다! 대한 독립 만세, 아니, 삼원그룹 만세!"

태호의 괴성에 깜짝 놀라 집무실 문이 활짝 열리고, 밖에는 정 비서실장을 위시해 많은 비서실 직원들이 놀란 얼굴로 안을 들여다보고 있었다.

"무슨 일 있습니까?"

"하하하!"

대답도 않고 한동안 미친놈처럼 대소만 터뜨리던 태호가 이내 심호흡을 몇 번 하곤 말했다.

"마이크로소프트사에서 무상증자를 실시한답니다. 그것도 몇백만 주가 아니라 4천만 주로."

"하하! 정말 기쁜 소식이로군요!"

정 실장 또한 대단히 기뻐하는데, 다른 사람들은 영문을 모르겠다는 표정이다.

주식에 대해 알아야 기뻐해도 함께 기뻐할 수 있는 것이 아닌가. 이를 느꼈는지 직원들을 휘몰아 나간 정 비서실장이 여

직원들에 대해 특별 교육을 하기 시작했다. 열린 문 사이로 그의 말소리가 고스란히 다 들려왔다.

"무상증자란 말이야, 글자 그대로 주식 대금을 받지 않고 주주에게 주식을 나누어 주는 것을 말해. 무상증자를 하면 발행 주식 수가 늘어나고 그만큼 자본금이 늘어나게 되는 거지."

아무튼 태호의 이 기쁨이 현실화되는 데는 한 달도 채 걸리지 않았다. 1986년 3월 13일. 역사적인 마이크로소프트사의 IPO(기업 공개)가 이루어졌기 때문이다.

이 역사적인 현장에 신설 미주 총괄 법인장 윤준오 전무 또한 참석해 이를 지켜보고 있었다. 경호 차장 윤정민 양의 부친이기도 하다. 아무튼 IPO(기업 공개) 첫날 오전 9시 35분.

마이크로소프트는 1주당 25달러 75센트 가격으로 장을 열기 시작했다. 주가는 계속 출렁이더니 이날 한때 주당 가격이 29달러 25센트까지 올랐다. 결국 27달러 75센트로 거래를 마감했지만 말이다. 그리고 이날 하루 거래량은 1,600만 주에 달했다.

하루 전날 래리 앨리슨(73)의 오라클(Oracle)이 1주당 19달러 25센트로 거래를 마감하며 성공적으로 증시에 데뷔했다는 뉴스는 다음 날 완전히 유행 지난 뉴스가 되어 버렸다.

마이크로소프트의 기록적인 주가는 곧 빌 게이츠가 '돈방석'에 앉았다는 것을 의미했다. 물론 삼원그룹도 덩달아 돈방석에 앉았다. 당시 빌 게이츠는 여전히 마이크로소프트 지분 45%를 보유하고 있었고, 삼원그룹의 지분 25% 역시 동일했다.

그러나 공동 창업자인 폴 앨런의 지분은 18%, 1980년 입사한 스티브 발머의 지분은 3%로 뛰어올라 있었다. 이는 빌 게이츠가 이들을 배려해 증자 전에 대규모로 자신의 주식을 알게 모르게 매입해 증여했기 때문이었다.

아무튼 상장 첫날 마이크로소프트의 시가 총액은 11억 1천만 달러(8,952억 원). 오늘날 시가 총액 5,000억 달러(574조 원)에 달하는 규모와 비교하면 1/450 수준이다.

훗날 들은 이야기지만 빌 게이츠는 당시 호주에서 휴가를 보내고 있었다. 당시 게이츠는 IPO로 얻은 돈 가운데 15만 달러를 빼서 시애틀 집의 대출을 갚은 것으로 알려졌다.

이듬해인 1987년, 31세의 나이로 빌 게이츠는 '최연소 억만장자' 타이틀을 거머쥐었다. 1995년에는 자산 129억 달러(14조 원)로 세계 최고 부자 자리에 등극했다. 스페인 의류 재벌 아만시오 오르테가나 투자의 귀재 워렌 버핏이 잠깐씩 1위를 탈환했지만 빌 게이츠의 패권은 현재까지 이어지고 있었다.

그가 이렇게 돈을 번 것과 같이 삼원그룹도 당장 돈방석에 올라앉았다. 공개 첫날 팔아도 2,238억 원이라는 어마어마한

돈이 그룹의 수중에 들어올 판이다. 아무튼 밤새 이 결과를 윤 전무로부터 보고 받은 태호는 충혈된 눈으로 업무가 시작되자마자 회장실로 찾아들었다.

마주 앉자마자 태호의 이상을 발견한 이 회장이 물었다.

"눈이 왜 그래? 밤새 술 마셨나?"

억울한 표정으로 태호가 항변했다.

"이 모든 것은 우리 그룹이 대한민국 1등 기업이 된 것을 지켜보다가 이렇게 되었습니다."

"무슨 소리야, 뚱딴지같이?"

"작년에 132억 원 주고 매입한 마이크로소프트사 주식이 오늘 당장 팔아도 2,238억 원으로 뛰어올랐단 말입니다."

"무슨 말도 안 되는 소릴……!"

이에 할 수 없이 태호는 무상증자부터 시작해 기업 공개 첫 날인 어제 마이크로소프트사 주식 한 주가 27달러 75센트에 마감됐으며, 이를 우리가 가진 1천만 주의 주식으로 환산하면 한화 2,238억 원이 되었다는 내용을 한동안 자세히 고했다.

이를 다 듣고 난 이 회장의 표정은 한동안 멍했다. 그러던 그가 채 다물어지지 않는 입으로 물었다.

"정말인가?"

이 물음에 태호가 볼이 부어 답했다.

"어느 안전이라고 거짓을 고하겠습니까?"

태호의 말이 끝나자마자 이 회장이 미친놈(?)처럼 대소를 터뜨리기 시작했다.

"하하하! 하하하! 하하하!"

이러다 큰일 나겠다 싶어 태호가 큰 소리로 이 회장을 소리쳐 불렀다.

"회장님!"

"아이고, 배야! 아이고 배야!"

겨우 진정한 이 회장이 한동안 태호를 정시하더니 갑자기 태호의 손을 맞잡았다. 그리고 잠긴 목소리를 토해내기 시작했다.

"고맙네. 정말 고마워. 흑흑흑!"

끝내 이 회장은 억눌린 울음소리를 토해내기 시작했고, 태호의 잡은 손은 부들부들 떨리고 있었다.

한동안 그런 그를 멍하니 지켜보던 태호가 그의 손을 토닥이며 작게 그를 불렀다.

"회장님."

"어, 그래, 그래!"

겨우 진정한 그가 멋쩍은 듯 눈물을 훔치며 말했다.

"나이가 들면 눈물이 많아진다는 것은 사실이야. 요즈음은 연속극을 보고도 눈물을 철철 흘려. 자네 장모한테 한 소리 듣는다니까. 하하하!"

멋쩍은 듯 대소를 터뜨리던 이 회장이 무슨 생각인지 벌떡 일어나 창가로 갔다. 그리고 등을 돌린 채 말했다.

"자네가 내게 큰돈을 벌어다 줄 때마다 나는 그걸 더 많은 유산으로 자네에게 남겨주려 했어. 그런데 요새 변호사와 유산을 정리하는 과정에서 알아보니 그게 쉽지만은 않은 모양이야. 자칫 잘못하면 자매간의 소송으로 번질 개연성이 크다는 것이지. 그래서 말이네만……."

여기서 잠시 말을 끊고 말이 없던 그가 다시 입을 열었다.

"이젠 그때그때 성과급이랄까, 성공 보수랄까, 그런 개념으로 바로바로 지급하기로 했어. 아니면 공도 없는 것들이 내 사후에 법정 다툼으로 똑같이 나눠 가지려 할 테니까 말이야."

태호가 말이 없자 이 회장이 불쑥 말했다.

"이게 다 자네한테 배운 거야."

"네?"

"작년 연말 자네가 퍼주지 않았어? 돈 잔치, 돈 잔치 말이야."

"아!"

그제야 태호는 이 회장이 무슨 말을 하는지 알아들었다. 이 회장 말대로 태호는 작년 연말에 각 사별로 이익금에 걸맞게 성과급을 지급했다. 이익이 많이 난 라면과 호텔, 백화점 쪽은 400%에서 150%이르기까지 별도의 보너스를 지급한 것이다.

그 결과 제과와 시멘트 쪽에서도 난리가 나 이 회장의 특별 지시로 그들도 이익금을 계산해 돈 잔치를 벌인 적이 있었다. 아무튼 태호에게 있어서는 이것이 중요한 것이 아니고, 과연 이 회장이 얼마나 성과급을 지급해 줄지 그것이 가장 궁금했다.

그래서 태호가 그의 입만 바라보고 있자 싱긋 웃은 이 회장이 드디어 입을 떼었다. 아니, 물었다.

"마이크로인가 뭔가 하는 주식을 당장 파는 것은 어떻겠나?"

"그건 안 됩니다."

"왜?"

"계속 주가가 오를 테니까요."

"흐흠!"

침음하며 다시 소파로 돌아와 앉은 이 회장이 수심을 띠고 물었다.

"그렇게 되면 증권사로 이관된 우리의 여유 자금이 너무 없지 않은가?"

"여러 투자 건을 성사시켰지만 순차적 투자라 당장 빠져나간 돈은 천억여 원 중 500억 정도입니다. 그러나 문제는 공단 조성비입니다. 일단 정부의 예비비로 수용은 했으나 어찌 되었든 우리가 400억 원을 올해 안에 갚아야 하는데, 그 문제 때문에 골이 좀 아픕니다."

"방법이 없겠나?"

"우리가 모두 쓸 우리 그룹의 전용 공단이나 국가 공단이기도 하니 분양을 받는 방법으로 하면 대금 납부를 늦출 수는 있을 것 같습니다. 물론 그렇게 하자면 헌금 좀 해야 될 겁니다."

"사업을 하면서 가장 중요한 것이 운전 자금이야. 그러니 그런 방법이 있다면 최대한 늦추어 납부할 수 있도록 하시게. 그런 후 다시 찾아오시게."

"알겠습니다, 회장님."

"아무튼 수고했고, 역시 자네는 우리 그룹의 보배야."

이 회장의 말에 겸연쩍은 표정을 지은 태호는 그길로 회장실을 나와 자신의 집무실로 들어왔다. 그리고 곧 민정당 대표실로 전화를 걸어 노 대표의 측면 지원을 부탁하고 곧바로 청와대로 전화를 걸어 면담 날짜를 잡았다.

다음 날 저녁.

태호는 이날 5시 30분경에 정 비서실장과 함께 청와대로 들어와 검색대를 통과하고 비표를 단 채 상춘재에서 마냥 기다려야 했다. 이렇게 기다리길 얼마……

마침내 정각 6시가 되자 전 통이 박영수(朴英秀) 비서실장을 대동하고 태호 일행이 기다리고 있는 방으로 들어왔다. 이에 두 사람이 급히 일어나 맞자 전 통이 호기롭게 말했다.

"앉아. 앉아요."

"네, 각하!"

막상 대답은 했으나 전 통이 자리에 앉는 것을 보고 두 사람도 자리에 앉자 희미한 미소를 지은 전 통이 말했다.

"뭔 정치헌금을 그렇게 많이 했나? 요구 조건도 굉장하겠군."

태호는 사전에 박영수 비서실장을 통해 15억 원을 정치헌금 명목으로 전 통에게 전달한 바 있다.

"수용령 덕분에 공사가 빨리 진척되고 있습니다, 각하."

"하루라도 빨리 공단이 조성되어 많은 사람을 고용해 주면 나라로서도 고마운 일 아닌가."

"문제는 보상비를 일시에 납부하게 되면 납부는 할 수 있으되 설비를 들이고 이를 운전할 자금이 좀 부족한지라……."

"그래, 해결 방안을 들고 왔을 것 아닌가? 그걸 말해보시게."

"보상비 및 건설비 포함하여 총 공사비를 산정한 후 공단이 조성되는 대로 4단계로 나누어 저희들이 원가에 분양을 받는다면 크게 자금에 구애받지 않고 소기의 목적을 달성할 수 있을 것 같습니다."

"흐흠!"

침음하며 생각에 잠긴 전 통이 느닷없이 박영수 비서실장에게 물었다.

"당신 생각은 어떠하오?"

"합당한 방안 같습니다. 원래 국가 지정 공단이라는 것이 선 조성 후 각 기업에 분양하는 방식을 택하기 때문에 지금 삼원 부회장의 제안대로 한다면 훨씬 회수가 빠른 편이죠. 하지만 원가에 공급하다는 것은 좀 그렇습니다. 약간의 이익금은 붙여야 되지 않을까 싶습니다."

"좋소. 총 조성비의 10%는 이익금으로 거둘 수 있도록 하고, 건설은 계속 삼원 측에서 맡아 원가를 절감할 수 있도록 하오."

"네, 각하."

박 비서실장과 태호가 이구동성으로 답하자, 전 통이 뒤를 돌아보고 물었다.

"아직 음식 준비 안 됐나?"

"아, 아닙니다. 들일까요, 각하?"

"그래요. 술고래와 만났으니 술도 좀 넉넉히 들이도록 하고."

"네, 각하!"

곧 대기하고 있던 조리장이 사라지자 전 통이 태호를 보고 물었다.

"김 수석 부인의 치료는 잘 됐다고?"

"네, 각하!"

"그건 다행이지만 김 수석을 계속 삼원그룹에 빼앗기는 것 같아 그건 좀 언짢구먼."

"본인 자신의 건강도 좋지 않아 모든 걸 사양하고 연구실이나 맡아 관리하도록 했으니 노여움을 푸시지요, 각하."

"하하하! 그래요? 저간의 사정은 전하지 않고 계속 고사만 하니 나로서는 좀 서운했지."

이렇게 되자 더욱 화기애애한 분위기 속에서 만찬이 시작될 수 있었다.

*   *   *

다음 날 아침.

태호는 이 회장과 마주 앉아 전날 전 통과 나눈 대화 내용을 그대로 전했다. 이를 들은 이 회장이 기쁜 빛을 띠고 말했다.

"역시 자네는 수완가야. 그 어려운 일을 한 방에 해결하다니 말이야."

"과찬의 말씀이십니다."

"하면 이제 500억 원은 증권사에 계속 운영 자금으로 남아 있는 것인가?"

"정확히 600억 원이 조금 넘습니다. 작년 이익금 100억 원이 추가된 내용입니다, 회장님."

"좋아, 그렇다면 그중 100억 원을 성과급으로 지급하지."

"너, 너무 많습니다, 회장님!"

"아, 아니야. 이렇게 하지 않으면 장래 자네는 다른 것들과 별 차이 없이 상속을 받을 수밖에 없어. 그러니 아무 말 말고 그대로 받으시게."

이 말을 들은 태호가 말했다.

"그렇게 되면 사전 증여로 인한 세금이 엄청나게 부과될 것입니다, 회장님."

"알아, 알아! 그런 분야는 내가 더 빠꼼이라 할 수 있지. 그래서 차명으로 전달될 거야. 백 명쯤 동원하면 크게 문제가 되지 않겠지? 그것도 증권 투자 형식으로 말이야."

"그, 그건 그렇습니다, 회장님!"

"자, 그 문제는 그쯤 해두고……."

"감, 감사합니다, 회장님."

태호의 감격 어린 인사에 넉넉한 웃음으로 이 회장이 말했다.

"내가 더 감사하네. 우리 그룹이 미국에 있는 돈을 합치면 국내 굴지의 대기업과 이제 어깨를 나란히 하지 않겠어?"

"아마 국내 1위 기업이 되지 않을까 싶습니다, 회장님."

태호의 말에 단지 빙긋 웃는 것으로 답을 한 이 회장이 당부의 말을 했다.

"여기서 그치지 말고 명실공히 국내 1위, 아니, 더 나아가 세계 100대 기업 안에 우리 그룹의 이름이 등재될 수 있도록 각고의 노력을 부탁하네."

"더욱 노력하여 10년 안에는 꼭 그렇게 되도록 하겠습니다, 회장님."

"말만으로도 고마운 일이네. 오늘은 정말 기분이 좋으니 끝나고 우리 집으로 오시게."

"알겠습니다, 회장님."

"참, 임신 소식은 없나?"

"아직은 아무 소식이 없네요."

"허허, 그러면 안 되지. 손을 낳아야지, 손을. 대를 이을 손을 말이야. 두 사람만 알콩달콩 잘 살면 되는 거야?"

"저도 조만간 좋은 소식을 기대하고 있습니다. 효주도 노력 중이니까요."

"그래? 그건 반가운 소식이로군. 하하하!"

기분이 좋은지 갑자기 대소를 터뜨리는 이 회장을 따라 태호도 빙긋 미소 지었다.

                    *   *   *

　이날 저녁.

　태호가 효주와 함께 이 회장 댁으로 가서 장인 부부로부터 풍성한 저녁 대접을 받은 것까지는 좋았다. 그러나 대화 중에 꼭 본인들이 당면 과제로 삼고 있는 문제를 거론해 기분을 상하게 한다.

　즉, 임신 문제를 이 자리에서 또다시 거론함으로써 관계가 멀어지게 하는 우를 범한 것이다. 자식들이 부모에게 전화를 잘 걸지 않거나 방문을 잘 안 하는 이유는 본인들이 싫어하는 이야기를 꼭 꺼내기 때문이다.

　그것도 매양 녹음기를 틀어놓은 것처럼 판에 박힌 잔소리를 해대니 그 소리가 듣기 싫어 전화 및 방문을 기피한다는 사실을 노인들은 알아야 한다. 아무튼 이 범주에서 장인, 장모도 예외가 아니어서 대접을 잘 받고도 내심 기분이 좋지 않은 상태로 태호 부부는 집으로 돌아왔다.

　이튿날 아침.

　태호는 일정대로 청주 출장길에 올랐다. 청주에서는 지금 한창 반도체 공장이 준공되어 제반 설비를 들여놓고 있었기 때문이다. 또 작년부터 먼저 생산을 시작한 기존 공단 터에 지어진 컴퓨터 공장도 한번 돌아보기 위함이다.

이 출장길에는 정 비서실장과 황철민 수행과장 외에도 태호의 청으로 효주와 김병수 부장도 일행이 되어 함께 움직이게 되었다. 약 두 시간의 주행 끝에 청주 톨게이트를 벗어난 차량은 10여 분만에 향정동 공단으로 들어서고 있었다.

이를 보며 효주가 옆자리에 앉은 태호에게 물었다.

"저 제일 높은 건물이 반도체 공장이죠?"

"그렇소."

"공장들이 대부분 2층 높이인데 5~6층쯤 되어 보이니 유난히 도드라져 보이네요."

태호가 말없이 고개를 끄덕이는데 조수석에 앉은 정 비서실장이 효주에게 물었다.

"사모님도 오래간만에 청주에 오시죠?"

"그러네요. 작년 할머님 생신 때 오고는 처음이에요."

둘이 사담을 나누는 사이 차는 어느덧 반도체 공장 정문으로 진입하고 있었다. 그러자 용역 업체에 넘겨준 경비 직원들이 있는 대로 나와 일렬로 늘어서 거수경례하는 것을 조수석에 탄 정 비서실장이 대표로 받았다.

곧 석 대의 승용차가 공장 현관 앞에 멈추자 기다리고 있던 테드 호프(Ted Hoff) 반도체 부문 부사장 외에 고위 임원들이 일제히 허리를 꺾는 것으로 반도체 공장 내부를 시찰하는 일정이 시작되었다.

공장 내부로 진입하기 전 한 사람도 예외 없이 상하 일체형인 우주복 같은 작업복에 머리에도 파마할 때 쓰는 모자와 비슷한 모자를 쓰고 덧신까지 신은 일행은 곧 입구에서 에어샤워를 받았다.

안으로 들어간 일행이 내부를 살펴보는데 이건 통 정신이 없을 정도로 곳곳에 제반 설비들이 어지럽게 널려 있었고, 도비꾼들은 라인에 맞추어 무거운 장비들을 옮기느라 조심에 조심을 거듭하고 있었다.

움직이는 과정에서 조금이라도 이상이 생기면 안 되기 때문에 그 속도는 하품이 날 정도로 느리기만 했다. 이런 과정을 계속 목격하니 둘러보는 사람도 안내하는 사람도 곧 시들해질 수밖에 없었다.

이에 태호는 테드 호프 부사장에게 이야기하고 현장을 빠져나왔다. 그리고 태호 일행이 향한 곳은 이웃에 있는 컴퓨터 생산 공장이었다. 이 역시 같은 복장에 에어샤워기를 통과해 내부로 들어서니 열을 맞추어 길게 두 개 라인이 뻗어 있다.

그 라인에는 높은 의자에 앉은 여공들이 컨베이어벨트에 의해 이송되어 오는, 조립 과정에 있는 컴퓨터에 자신이 맡은 부품을 끼워 넣는 작업을 하고 있었다. 이를 본 태호의 눈살이 찌푸려지며 이곳까지 수행해 온 테드 호프에게 말했다.

"저 자세가 뭐요? 의자에 앉아 작업하다니."

물론 통역을 거친 질책이다. 태호는 요즘 전문 통역원 세 명을 두고 그때그때 상황에 맞춰 수행시켜 오고 있었다. 이는 윤정민 차장에게 통역까지 맡기니 그녀가 너무 힘들어해 택한 방식이다.

아무튼 태호의 질책에 호프가 자신의 의견을 말했다.

"하루 종일 서서 하면 다리가 너무 아파 일하는 직원들이 힘들어합니다."

"말도 안 되는 소리. 그런 고통쯤 감수할 수 없다면 집에 가서 애나 보라 하시오. 이렇게 해가지고 어찌 생산성을 기대할 수 있겠소."

태호의 말에 호프가 입만 벙긋벙긋한 채 말을 못하자 태호는 거듭 지시를 내렸다.

"당장 라인 중지시키고 바로 모든 의자 치우세요."

마음이 여려 연구나 하면 딱 맞을 테드 호프가 불만 어린 표정으로 대꾸가 없자, 태호의 눈썹이 꿈틀했다.

이에 수행한 공장장 최태섭이 즉각 라인을 멈추게 하고 작업반장들을 불러보았다. 그럼에도 불구하고 태호의 지적은 여기에서 끝나지 않았다.

"저 100여 미터씩이나 길게 늘어서 있는 라인은 또 뭐요?

외부의 성공 사례도 듣지 못했소? 당장 라인을 30m로 축소시키고 남은 자리에는 해당 부품을 거치시키시오. 해서 'Just in time(적시 공급)'이라는 말처럼 즉시즉시 해당 부품을 공급해 신속한 조립이 이루어질 수 있도록 하시오."

"그렇게 되면 공간이 부족하지 않을까요, 부회장님?"

수행한 중역의 한마디에 기어코 태호의 노성이 폭발했다.

"말도 안 되는 소리! 어찌 해보지도 않고 안 될 것만 생각한단 말이오? 안 되는 이유를 대려면 수백 가지도 더 될 수 있을 것이오! 하니 될 수 있는 방법, 가능한 방법을 강구하란 말이오!"

"알겠습니다, 부회장님!"

"에이, 이래 가지고서야 어찌 기술 자립을 이루며 후발 주자로서 선두권의 주자를 따라잡을 수 있겠소."

한마디 남긴 태호는 끝내 화를 풀지 않고 현장을 떠나갔다. 이에 남은 임원들이 병 쪄 있는데, 그중 테드 호프의 얼굴은 유난히 수심으로 가득 차 있었다.

화를 내고 컴퓨터 공장을 빠져나온 태호는 기분 전환이라도 할 요량인지 공단이 조성되고 있는 오창으로 차를 몰도록 했다. 머지않아 태호 일행이 공단 조성이 한창인 현장에 도착하니 수십 대의 굴삭기와 함께 수백 대의 덤프트럭이 먼지를 피워 올리고 있었다.

이어 태호는 현장 소장이 목에 걸고 있는 망원경을 벗겨 멀리 바라보았다. 그러자 곳곳에 아직 채 철거하지 않은 집과 우사들이 흉물처럼 방치되어 있었다. 금방 귀신이 튀어나와도 이상하지 않을 정도의 폐가들을 보고 태호는 즉시 폐가부터 철거할 것을 지시했다.

전생의 경험으로 그런 폐가에 불량 청소년들이 들어가 좋지 않은 일을 벌이는 바람에 큰 이슈가 되는 것을 접한 기억이 있기 때문이다. 아무튼 이렇게 대충 현장을 둘러보고 나니 어느덧 11시 30분이 지나 있었다. 이에 태호는 현장 소장에게 이야기해 함바(飯場, はんば)로 가자고 했다.

함바는 건설 현장 안에 지어놓은 간이식당을 부르는 일본 말이다. 머지않아 태호 일행과 현장 소장이 허술하게 지어놓은 간이식당에 도착하니 바깥에서부터 음식 냄새가 진동해 배고픈 사람들을 더욱 배고프게 했다.

이윽고 현장 소장의 안내로 태호 일행이 내부로 들어가니 군데군데 대형 연탄난로가 피워져 있는 가운데 함바 특유의 식탁과 앉는 의자가 일체화된 목재 식탁이 줄줄이 놓여 있었다.

이 모습을 처음 보는지 효주의 눈이 동그래지는 가운데 현장 소장이 막 반찬을 만들고 있는 식당 배식구 앞으로 가 물었다.

"점심 다 되었소?"

"네. 지금 하고 있는 생채만 무치면 다 끝납니다."

"쉿! 지금부터 내 말 잘 들으시오. 지금 오신 분이 그룹 부회장님이시니 가장 좋은 반찬을 내놓도록……."

태호가 현장 소장을 부른 것은 이때였다.

"임 소장님!"

"네, 부회장님!"

"평소 이곳 노동자들이 먹는 식단 그대로 내오도록 하세요."

"아, 네!"

찔끔한 현장 소장 임진묵이 머리를 긁적이며 함바 여사장에게 말했다.

"들었지?"

"정말 그대로 내놔도 돼요?"

"아니면 경쳐."

"네."

이렇게 되어 잠시 후 생채를 다 무쳤다는 말에 태호는 어느 노동자나 다름없이 배식대로 가 그곳에 놓여 있는 플라스틱 식기와 수저를 집어 들었다. 이를 마냥 신기한 눈으로 바라보던 효주도 따라 하는 가운데 너나 할 것 없이 그 뒤로 줄을 서서 배식을 받았다.

밥만은 자유 배식이 행해지고 있어 먼저 식기 왼쪽 원형 공간에 밥을 먹을 만큼 퍼 담은 태호는 식당 여사장이 직접 퍼주는 시래기국과 식당 종사자들이 차례대로 담아주는 반찬을 받았다. 반찬은 김치와 두부무침, 그리고 생채였다.

이를 묵묵히 받아 들고 자신의 자리로 돌아오니 다행히 고추장과 간장은 기본적으로 탁자에 놓여 있어 비벼 먹을 수는 있을 것 같았다. 곧 효주와 현장 소장 이하 일행이 모두 배식을 받아 자리에 앉자 태호가 말했다.

"식사합시다."

"네."

이구동성으로 답하는 소리를 들으며 태호는 김치와 생채를 넣고 그 위에 고추장도 한 숟가락 듬뿍 퍼 담아 썩썩 비비기 시작했다.

그러다 보니 밥이 너무 된 것 같아 시래기국 몇 숟가락을 퍼 넣어 너무 된 밥을 완화시키고 그때부터 열심히 입안에 퍼 넣기 시작했다. 물론 중간중간에 두부조림도 먹고 국도 떠먹었다.

이 과정에서 국을 넣어 비비는 것까지 따라 하는 효주 이하 수행원들을 본 태호로서는 내심 어이없어했지만 밥 한 톨, 국 한 방울 안 남기고 맛있게 그릇을 싹싹 비우고 손수 식기를 배식구에 가져다 놓았다.

이 모든 행위까지 모두 따라 하는 가운데 식당 종업원에 의해 사람 수에 맞춰서 커피가 나왔다. 그래도 명색이 부회장이라고 딴에는 후식으로 커피를 대접하는 모양이다.

아무튼 뜨거운 커피를 후후 불어 가볍게 한 잔을 비운 태호가 현장 소장을 보고 말했다.

"반찬이 좀 부실하군요. 그러니 영양도 고려해서 좀 더 나은 반찬을 제공할 수 있도록 하세요."

"네, 부회장님!"

대답은 잘하나 미덥지 못해 태호가 다시 말했다.

"만약 다음에도 불시에 들러 나아진 점이 없다면 감사를 행할 테니 그리 아시오."

태호의 오금을 박는 확실한 말에야 비로소 소장이 굳은 얼굴로 답했다.

"부회장님의 말씀대로 좀 더 영양가 높은 식단을 제공하도록 하겠습니다."

이때였다. 점심시간이 되기도 전에 밥을 먹으려는 사람들이 하나둘 몰려들기 시작했다. 이에 태호는 바로 자리에서 일어났다.

곧 현장을 떠난 태호는 오래간만에 동생 성호가 경영하는 패스트푸드점으로 향했다. 20분을 달려 성호가 운영하는 점포에 들르니 때마침 점심시간이라 많은 사람들로 복작이고 있었다.

이에 태호는 성호만을 매장 밖 도로변으로 불러내 물었다.

"누나는?"

"점심때까지 온다더니 아직 안 오네요."

그때 태호를 부르는 목소리가 들려왔다.

"오빠!"

자신도 모르게 태호가 반사적으로 뒤를 돌아보니 막 시내 버스에서 내린 듯한 경순이 손을 흔들며 이쪽으로 달려오고 있었다. 그 모습을 보고 태호가 미소 띤 얼굴로 말했다.

"천천히 와라. 그러다 넘어질라."

이에 가까이 다가온 경순이 급한 호흡을 고르며 말했다.

"내가 애인가요? 그런 말 하시게."

"내 눈에는 애로 보인다."

"쳇, 숙녀에게 못하는 말이 없네."

이를 너무 귀엽다는 표정으로 바라보는 사람이 있었으니 김병수 부장이다.

이를 보지 못한 태호가 여동생 경순을 보고 물었다.

"점심은?"

"아직 먹지 못했어요."

"햄버거 하나 먹으련?"

"오빠는요?"

"우린 벌써 먹고 왔다."

"나만 먹기 뭣하지만 민생고는 해결해야죠?"

'민생고'라는 말에 김병수는 또다시 빙긋 미소를 지었다.

이를 아는지 모르는지 곧 안으로 들어간 경순은 5분 만에 종이 가방 하나를 들고 나왔다. 그리고 그 가방을 들어 보이며 태호에게 말했다.

"그래도 누나라고 성호가 햄버거 하나만 시켰는데 감자튀김까지 주네요. 맥콜은 덤이고요."

이 삼원 프랜차이즈에서 운영하는 패스트푸드점은 특별한 선택을 하지 않으면 기존 업체와 달리 콜라 대신 맥콜을 서비스로 제공하고 있었다. 아무튼 그녀가 점심용 음식을 들고 나오자 태호는 곧 지시했다.

경순과 김병수를 한 차에 태우고 고향 집으로 향하도록 한 것이다. 이렇게 경순이 시간 맞추어 오고 김병수를 태워온 것 모두 사전에 계획된 일이었다. 오늘 고향 집을 방문하게 된 것도 마찬가지였다.

태호의 소개에 의해 만났고, 그의 적극 주선에 의해 만남을 갖게 된 두 사람이지만, 서로 호감이 생겨 지금까지 주말마다 청주와 서울을 번갈아 오가며 데이트를 해오고 있었다.

그런 것을 동생이 삼십 넘기 전에 시집을 보내기 위해 서두르고 있는 것이다. 아무튼 태호의 지시에 의해 빠르게 시내를 빠져나온 차량은 일로 충주 방면을 향해 달리기 시작했다.

머지않아 증평에 도착한 차량 석 대는 자욱한 먼지를 피워 올리며 비포장도로를 달리기 시작했다. 마침내 고향 마을에 도착한 일행은 집을 향해 갔다. 그런데 집의 대문 위치부터 달라져 있다.

담 밖에 돼지 축사와 두엄이나 쌓아두던 공간까지 금번에 집수리를 하면서 담 안으로 끌어들이고 대문도 동쪽에서 남쪽으로 옮겨 낸 것이다. 자연스럽게 우사도 헐어 뒤로 옮기자 마당이 훨씬 더 넓어졌다.

변한 것은 이뿐만이 아니었다. 연장이나 걸어두고 겨울에는 콩깍지나 쌓아두던 허름한 창고 자리에는 작은 별채가 하나 세워져 있었다. 아무튼 이런 외관상의 변화 속에 변하지 않은 것이 하나 있었다.

화덕이다. 벽돌로 쌓아 올려 황토로 미장한 화덕은 여전히 무쇠 솥을 걸고 장독대 앞에 떡 버티고 서 있었다.

"엄마, 저 왔어요!"

경순이 쪼르르 달려가 고하는 소리와 안방 문이 열리는 것이 동시였다.

"어서들 와요."

반겨 맞는 어머니 뒤로 아버지도 따라 나오시고, 할머니는 기우뚱 서서 허리를 잡고 계셨다. 갑자기 일어나시니 관절이 아픈 모양이다.

"안녕하세요, 어머님, 아버님?"

"안녕하세요?"

태호가 미소로 부모님을 맞는 데 반해 효주는 급히 내달아 어머니의 손을 잡고, 김병수는 정중하게 허리를 굽혀 인사했다.

여타 수행원들도 예를 차리는 속에 먼저 방 안으로 들어간 경순이 킁킁 냄새를 맡더니 말했다.

"맛있는 냄새가 나는데요?"

"네 어미가 오늘 손님 온다고 새벽부터 설쳐 음식 장만 했다."

할머니의 말에 경순이 그러면 그렇지 하는 표정으로 말했다.

"어쩐지."

그리고 경순이 뒤늦게 할머니에 대해 예를 차렸다.

"할머니는 어디 편찮으신 데 없죠?"

"예나 지금이나 무릎 아픈 것 외에는 없다."

"건강하셔서 다행이에요."

오늘따라 유난히 말이 많은 경순이 할머니와 대화를 나누는 동안 아버지, 어머니는 물론 태호와 효주까지 방 안으로 들어왔다.

그러나 정 비서실장과 황 과장, 그리고 경호 요원들은 마당에 서서 집 전체를 둘러보고 있었다. 거기에 김병수도 있어 태호가 열린 문 사이로 소리를 질렀다.

"안 들어오고 뭐 해, 이 사람아!"

"아, 네!"

뒤늦게 김병수까지 방 안으로 들어오는 것으로 문이 닫혔다. 곧 내부를 둘러본 태호가 부엌이 있던 자리에 들어선 문을 열며 물었다.

"이곳이 화장실인가요?"

"그래. 수세식인가 뭔가로 해놨더니 멀리 갈 것도 없이 아주 편리하더라. 씻기도 편하고. 어디 그뿐이냐? 방 안까지 수도가 들어오니 얼마나 편한지 모르겠다."

수도는 태호네 집만 들인 게 아니었다. 금번에 태호가 돈을 대는 바람에 마을 전체가 혜택을 보게 된 것이다. 처음에는 자신의 집만 수도 공사를 하려 했다. 별도의 샘을 파고 그것을 모터펌프로 퍼 올려 높은 집수 통에 모아 집 안으로 끌어들이는 것을 본 마을 사람들이 자신들 집에도 수도가 들어오면 얼마나 좋을까 하는 바람을 보는 사람마다 하는 바람에 마을 숙원 사업이 해결된 것이다.

아무튼 내부의 변화는 욕실에만 그친 것이 아니었다. 부엌이 있던 곳을 메워 주방도 현대식으로 꾸몄다. 싱크대가 설치

된 위에 2구 가스레인지가 놓였고, 사랑방까지 세 개이던 방도 확 터서 방 두 개로 꾸미니 방 하나가 할머니 말로는 대궐같이 넓어졌다.

아무튼 이런 변화에 만족한 어머니의 며느리에 대한 칭찬이 아직도 이어지고 있었다.

"우리 며느리 덕분에 내가 요즈음은 아주 호강하고 산다. 어디 그뿐이냐? 사돈어르신의 도움으로 50마지기씩 짓는 광작을 하다 보니 이제는 사람 손으로는 어림도 없어. 전부 기계가 일을 해. 그것도 우리같이 나이든 사람은 기계 만지는 것이 어려우니 젊은 사람들에게 모두 맡겨. 그 덕분에 시아버지도 이젠 신선됐다."

"그렇게 말씀하시니 저도 보람 있고 기쁘네요."

그러나 효주의 기쁨은 오래가지 못했다. 이어 던진 할머니의 한마디 때문이다.

"증손 소식은 없냐?"

이 소리에 굳는 며느리의 얼굴을 본 아버지가 분위기 전환을 꾀했다.

"손님 모셔놓고 뭣들 하는거, 준비한 음식 있으면 어서 내오지 않고!"

"아이고, 내 정신 좀 봐. 경순이 너는 뒤 토굴에 가서 얼른 채반 들고 나오너라."

이 말을 듣고 태호가 어머니에게 한마디했다.

"냉장고는 국 끓여 드시려고 사용 안 하세요?"

"양이 좀 많으냐? 들여놓을 데가 없어 그랬다."

"아, 그래요?"

이렇게 정신없는 가운데 아버지에 의해 제사 지낼 때 쓰는 교자상 두 개가 나란히 펴지고, 어머니와 효주에 의해 금방 상에 음식이 차려지기 시작했다. 그동안 토굴에 다녀온 경순에 의해 채반 음식도 차려지고.

이런 속에 주전자를 든 아버지가 태호에게 물었다.

"한잔할 테냐?"

"그 전에 먼저 소개부터 하겠습니다. 제가 전에 한번 이야기한 적이 있는 김병수라는 우리 회사 부장을 소개할까 합니다."

태호의 이야기가 여기까지 전개되자 김병수가 눈치껏 얼른 자리에서 일어나 꾸벅 인사했다.

"김병수라 합니다. 잘 부탁드리겠습니다."

그의 인사에 영 반응이 신통치 않았다. 어머니도 그렇고 할머니도 그랬다. 아버지 역시 미미하게 표정이 일그러지고 있었다. 사실 객관적으로 봐도 김병수의 외모는 못났다고 보는 게 옳았다. 그래서 이런 반응이 나오는 것을 직감한 태호가 얼른 그에 대해 첨언했다.

"나와 같이 행시에 패스해 우리 그룹에 들어온 사람으로, 이 나이에 부장 된 사람은 아마 이 사람 외에는 없을 것입니다."

"그래?"

비로소 아버지의 얼굴부터 펴지며 김병수에게 물었다.

"자네, 술 할 줄 아는가?"

"여보, 초면에 웬 반말이에요?"

어머니의 지청구에도 불구하고 아버지는 술 주전자를 들고 김병수의 대답만 기다리고 있었다.

"많이는 아니어도 조금은 할 줄 압니다."

"암, 사내가 술을 못하면 반병신이지. 자고로 사내라면 술 한잔은 할 줄 알아야지. 그리고 초면에 반말한다고 너무 노여워 마시게. 다 아들 같아 그러는 거니까."

"아무렴요. 저도 아버님이 하대하시는 게 오히려 더 편합니다."

초면부터 죽이 잘 맞는 장래의 장서지간이다. 아무튼 둘의 대화를 지켜보던 경순이 어머니의 옆구리를 찌르며 속삭이듯 물었다.

"아버지, 우리 오기 전에 술 한잔하셨죠?"

"누가 아니라니. 아니면 꿔다 놓은 보릿자루처럼 말 한마디 못 하고 계실 분이 네 아버지다."

이 소리를 듣는지 못 듣는지 아버지는 술을 자랑하기 바빴다.

"이 술이 보통이 아니야. 솜씨 좋은 네 어미가 빚은 동동주라 아주 맛이 좋다고. 그렇다고 막 마시다간 금방 취하니까 조심들 하고. 태호 너부터 한잔 받아라. 냉수도 다 순서가 있는 거니까."

"아버지부터 한잔 받으세요."

"그럴까?"

아버지는 대뜸 술잔이 아닌 국그릇용 대접을 내밀었다.

"아이고, 그러다 당신 술 취하려고……."

"염려 말아. 나도 젊은 시절에는 지고는 못 가도 마시고는 간 말술이니까."

"말술 좋아하시네. 요즈음은 서너 잔만 자셔도 금방 취하는 양반이."

"어허, 시끄러!"

이런 소란 속에서도 태호는 빙긋 미소 지으며 아버지가 들고 계신 대접에 철철 넘치도록 술을 따랐다. 이 모양을 본 어머니가 참지 못하고 또 한마디 했다.

"그러다 네 애비 금방 취해. 어느 구석에 가 자는지 모르게 잔다."

"참 내, 저 여편네가… 옜다, 잘난 우리 아들 한잔 받아라."

말씀하시는 걸 보니 아버지가 벌써 취한 것을 느낀 태호가 술을 받으며 말했다.

"아버지는 그 한 잔만 자시는 게 좋겠어요."

"아니다. 오늘같이 기분 좋은 날 안 마시면 언제 마시냐? 너 잘돼, 효부(孝婦) 얻고, 또 동생들도 네 덕분에 다 밥벌이하며 제자리 잡으니 이 애비는 더한 바람이 없다. 더구나 어머니까지 건강하시니 여기서 더한 복을 바란다면 그건 죄받을 짓이지. 암, 그렇고말고."

"태호 아버지, 오늘따라 되게 말 많네요."

"평소 내가 품고 있던 생각을 말하는 겨. 아, 자네도 한잔 받아야지."

이번에는 김병수에게 한잔을 따르며 오늘따라 유난히 즐거워하시는 아버지다.

아무튼 병수의 잔까지 채워지자 아버지가 잔을 치켜들며 말씀하셨다.

"대학 졸업이나 하거든 시집보내려 했더니 오늘 사위 재목까지 찾아온 걸 보면 글렀는가 벼."

아버지의 말을 냉큼 받아 김병수가 말했다.

"대학 졸업이 대숩니까? 여자는 자고로 집 안에서 살림만 잘하면 최고죠."

"하하하! 자네도 그렇게 생각하는가?"

"네, 장인어른!"

갑자기 병수가 넉살을 부리자 모두가 깜짝 놀란 얼굴로 그를 바라보는 가운데 자신도 무안한지 얼른 술잔으로 얼굴을 가렸다. 이 모습을 본 아버지가 가가대소하더니 웃음 끝에 술잔을 입에 대었다. 그리고 한 대접의 술을 순식간에 다 비운 아버지가 입가를 손등으로 쓱 닦으며 말했다.

"음식 식기 전에 어여 듭시다. 어머니부터 어서 드세요."

"그래, 그래."

이렇게 때 아닌 식사가 시작되는데 어머니가 태호를 조용히 부르더니 밖으로 나가자는 눈짓을 했다.

이에 태호가 따라 나가니 어머니가 작은 소리로 물었다.

"약혼 날짜라도 잡아야 하는 것 아니냐?"

"우선은 경순이도 저 댁에 한번 들러 인사를 드리고 날을 잡아도 잡는 게 맞을 것 같습니다."

"그럼 아직 시댁 어른도 안 뵌 겨?"

"네."

"그 집에서 반대하면 어쩌려고 우리 집부터⋯⋯."

"병수의 말을 들어보니 반대는 안 하실 것 같습니다."

"그렇다면 천만다행이다만⋯⋯."

"어머니, 너무 걱정 마시고 어서 들어가 식사나 하세요."

"그래, 그래. 나는 우리 장남만 믿는다. 그러니 네가 알아서

동생들 시집 장가도 잘 보내줘."

"네, 어머니."

곧 어머니가 방 안으로 들어가자 태호는 아직도 마당을 서성이고 있는 정 비서실장과 황 과장, 그리고 다섯 경호원을 보고 얼른 방 안으로 들어가 어머니께 물었다.

"바깥에 서 있는 사람들은 아무 대접도 안 한 거예요?"

"아이고, 내 정신 좀 봐. 깜빡했다. 내 얼른 한 상 차려주마."

이 말을 들은 효주가 나섰다.

"어머니, 제가 할 테니 어머니는 앉아 드세요."

"아, 아니다. 내가 해야 한다. 너는 음식이 어디 있는지 잘 모르잖니?"

맞는 말이라 효주가 멈칫하는데 이번에는 경순이 나섰다.

"제가 할 테니 두 분은 맛있게 식사나 하세요."

말이 끝나자마자 경순은 누가 잡기라도 하듯 바로 상차림을 시작했다.

이렇게 병수와 태호 가족과의 상견례가 이루어지는 가운데 짧은 겨울 해는 벌써 긴 그림자를 드리우고 있었다.

2월이 끝나기 전에 태호는 경순을 데리고 울산까지 내려가 김병수의 가족들과 상견례를 가졌다. 그리고 삼월 중순에는 청주에서 양가 가족이 참석한 가운데 상견례를 갖고 약혼 없이 가을에 두 사람의 결혼식을 올리기로 합의했다.

이런 3월 중순 어느 날이었다.

이날도 태호는 평소와 다름없이 영어 회화 공부를 마치고 조간신문을 펼쳐 들었다. 쭉 기사를 읽던 태호가 경제면을 펼치자 눈에 들어오는 기사가 있었다.

<상계지구 택지 개발 4월 착공>

건설부는 상계지구 택지 개발을 위한 총사업비를 1천 2백 30억 원으로 잡고 1단계 사업의 용지 매입에 필요한 5백 83억 원은 중소기업 은행 등 7개 은행으로부터의 융자금 5백억 원과 주택 공사 자체 자금 83억 원으로…(중략)… 87년까지 연차적으로 추진하기로 했다.

기사를 다 읽은 태호의 입에서 독백이 튀어나왔다.

"이제야 상계지구가 오랜 기다림 끝에 결실을 맺는구나. 이제는 부천·중동지구만 남았군."

이날 태호는 업무가 시작되자마자 회장실로 찾아들었다. 대좌하자마자 태호가 이 회장에게 물었다.

"조간신문에 난 상계지구 관련 기사를 보셨습니까?"

"봤네. 그 땅에 투자할 때만 해도 우리 그룹이 이렇게 비약적으로 성장할 줄은 몰랐지. 이게 다 자네 공일세."

"과분한 말씀. 회장님의 영도력과 보살핌이 없었다면 어찌 오늘날과 같은 발전이 있겠습니까?"

"하하하! 남에게 공을 미루는 것을 보니 더 보기 좋군. 한데 얼마의 보상비가 나올 것 같은가?"

"그간 그곳 땅값도 많이 올랐으니 이번에는 최소 150억은 나오지 않겠습니까?"

"다른 곳보다는 50억을 더 많이 잡는군."

"그렇습니다."

"좋아, 만약 이번 보상비가 나오면 그 1/10을 자네에게 떼어 주겠네."

"네?"

"너무 적은가?"

"아, 아닙니다. 그건 엄연히 회장님의 자본으로 얻은 수익인데……."

"자네의 선견력이 아니었으면 얻을 수 없는 수익이기도 하지."

태호가 말문이 막혀 말이 없자 이 회장이 계속해서 말했다.

"지난번에 내가 말한 대로 수익이 나면 나는 대로 이제는 즉시즉시 나누어 줄 생각일세. 그래서 10억 원 이야기를 한 것이고, 음, 금번에 아예 자네에게 50억을 떼어주기로 하지."

"네에?"

"너무 놀라지 말고 내 얘기 잘 들어봐. 지난번에 내가 이야기한 바와 같이 자네가 우리 그룹에 공헌한 바를 감안해 상속분을 결정하려 했으나 그것이 현실적으로 어렵다는 것을 알았어. 그래서 지난번에 지급하지 못한 것까지 40억을 더 주어 총 50억 원을 지급하겠다는 말일세."

이 회장의 말에 감격한 태호는 한동안 입을 떼지 못한 채 눈만 껌뻑껌뻑하고 있었다. 그러던 그의 볼에 소리 없이 두 줄기 눈물이 흘러내리기 시작했다. 이를 이 회장은 말없이 따뜻한 눈으로 지켜만 보고 있었다.

그렇게 조금 더 시간이 지나 겨우 감정을 추스른 태호가 입을 여는데 코맹맹이소리였다.

"새는 모이 때문에 죽고 사람은 자신을 알아주는 사람을 위해 죽는다 했습니다. 따라서 회장님 생전에 세계 100 대 기업, 아니, 50 대 기업 안에 우리 그룹을 꼭 끼워 넣는 것으로 그 은혜에 보답하겠습니다, 회장님."

"하하하! 고맙네!"

말과 함께 태호의 손을 맞잡고 그의 손을 토닥이는 이 회장의 눈시울도 어느새 촉촉이 젖어가고 있었다.

*　　　　*　　　　*

회장 비서실을 벗어나자마자 태호의 표정은 희희낙락 그 자체였다. 혼자 미친놈처럼 히죽히죽 웃으며 자신의 집무실로 돌아가던 태호의 걸음이 돌연 우뚝 멎었다. 그리고 혼자 중얼거렸다.

"이제 내 수중에 150억이 들어왔다. 범인이라면 평생 꿈도 못 꿀 어마어마한 돈이. 한데 과연 이것이 나만의 공일까? 절대 그렇지 않다. 하니 이 또한 아래로 베풀어야 하는 것 아닌가? 이 회장이 나에게 한 것처럼."

고개를 주억거리며 잠시 더 생각에 잠겨 있던 그는 이내 결정을 했는지 발걸음이 빨라지기 시작했다. 곧 비서실에 도착한 태호가 큰 소리로 외쳤다.

"주목!"

모두 놀라 반사적으로 그에게 시선을 주는 가운데 또 한 번 태호가 외쳤다.

"오늘 퇴근 후 회식이다! 한 사람도 빠짐없이 모두 참석하도록!"

"야호!"

술을 좋아하는 사람들과 일부 여직원들이 환호성을 지르는 가운데 정 비서실장이 슬그머니 다가와 물었다.

"무슨 좋은 일이 있었습니까?"

"암, 있고말고요. 잠시 안으로 들어가 이야기 나눕시다."

"네, 부회장님."

곧 자신의 집무실로 들어와 소파에 마주 앉은 태호가 입을 떼었다.

"비서실장님도 마이크로소프트 주식이 예상보다 높은 금액에 상장되어 우리 그룹이 많은 돈을 벌게 된 사실은 아시죠?"

"네."

"그 공을 참작하여 금번에 회장님께서 얼마간의 성과급을 지급해 주셨습니다. 그래서 같이 술이라도 한잔 나누려고요."

"그런 일이 있었군요."

"그쯤 아시고 오늘 한 사람도 빠짐없이 회식에 참석할 수 있도록 해주세요."

"네, 부회장님."

그가 나가자 태호는 한동안 멍하니 생각에 잠겼다. 이내 태호는 잘했다는 듯 자신의 머리를 툭툭 두들기며 빙긋 미소 지었다.

'내부자'라는 영화를 빌릴 것도 없이 대개 모든 부정이 폭로되는 것은 내부 측근에 의한 배신 때문이라는 것을 전생의 경험으로 태호는 누구보다 잘 알고 있었다. 그렇기 때문에 최측근인 정태화 비서실장에게마저도 자신이 얼마를 받았다는 말을 하지 않고 내보낸 것이다.

아무튼 그가 나가자 태호는 직접 전화기를 집어 들고 삼원증권의 홍민표 사장에게 전화를 걸었다. 잠시 신호음이 들리더니 직통 전화라 바로 홍 사장의 음성이 들려왔다.

"네, 삼원증권입니다."

"나 김태호입니다."

"아, 부회장님!"

"그냥 듣기만 하세요."

"네, 부회장님."

"가장 많은 이익이 발생한 계좌 두 개를 오늘 즉시 파세요. 그리고 그 돈 중 반은 백만 원 권 수표로, 반은 현금화해 내게로 즉시 가져오도록 하세요. 또 앞으로 입금되는 돈 또한 모두 우량 주식에 계속 투자하도록 하시고."

"알겠습니다, 부회장님. 즉시 실행하여 제가 직접 찾아뵙도록 하겠습니다."

"그럼 수고해 줘요."

"네, 부회장님."

곧 전화를 끊은 태호는 창가를 서성이며 한동안 생각에 잠겼다.

오후 5시 30분.

본사 맞은편 돼지가 목욕하는 날이라는 삼겹살집 실내에

태호는 물론 비서실장 정태화 이하 전 비서실 직원이 모여 회식을 행하고 있다.

노릇노릇 삼겹살이 익어가고 소주잔이 수시로 오가는 속에 직원들은 웃고 떠들며 한동안 먹고 마셨다. 이렇게 어느 정도 시간이 지나 '부회장님, 2차 가요' 소리나 나오자 태호가 돌연 좌중을 향해 외쳤다.

"주목!"

모든 시선이 그에게 집중되자 태호는 갑자기 신발주머니 같은 작은 슬리핑백을 들고 자리에서 벌떡 일어섰다. 그리고 다시 말했다.

"정 실장님, 앞으로 나오세요."

"네."

정 실장마저도 영문을 모른 채 그의 앞으로 다가왔다. 태호는 슬리핑백에서 그의 이름이 적힌 봉투 하나를 꺼내 그에게 내밀며 말했다.

"받으세요."

"이게 뭡니까?"

"내게 공돈이 생겨 적지만 나누려 합니다. 이는 여러분의 헌신에 대한 포상이니 사양 마시기 바랍니다."

말과 함께 직접 손에 쥐어주니 얼결에 받은 그가 안의 내용물을 확인하며 제자리로 돌아가다 입을 쩍 벌렸다. 그의 봉투에 100만 원 권 수표 열 장이 들어 있었기 때문이다.

"다음 김병수 부장, 앞으로!"

"네, 부회장님!"

태호는 그에게도 흰 봉투 하나를 건넸다. 그에게는 수표 다섯 장이 들어 있었다.

그런 식으로 태호는 황철민 과장에게는 4백만 원, 조윤아 대리 포함한 두 명의 대리에게는 각각 3백만 원을, 그리고 나머지 평사원 다섯 명에게는 현금 100만 원씩을 나누어 주었다.

이를 받아 확인한 모든 비서실 직원들이 희희낙락하는 가운데 태호가 다시 그들의 이목을 집중시켜 말했다.

"만약 오늘 일이 외부로 발설되어 다른 부서에서 한 사람이라도 알게 되는 날에는 앞으로 절대 이런 일이 없을 것입니다. 그러니 명심하여 비밀을 지키도록. 알겠습니까?"

"네, 부회장님!"

직원들 모두가 일제히 큰 소리로 대답하자 빙긋 웃은 태호가 말했다.

"2차는 안 가도 되겠죠?"

"네, 이것으로 충분합니다!"

어느 남직원이 큰 소리로 대답하다가 자신만 떠들고 있는 것을 알고 머쓱한 표정이 되어 좌중을 둘러보았다. 태호의 이런 작은 나눔은 여기에서 그치지 않았다.

오늘 경호조 다섯 명부터 태호는 5백만 원씩 나누어 주었다. 물론 안 받으려 했지만 태호가 눈을 부릅뜨고 강제하니 어쩔 수 없이 받는 양상이 되었지만 돌아서서는 히죽였을 것임에 틀림없었다.

이렇게 자신을 수행하는 4개 조는 물론 효주를 수행하는 경호조에게도 똑같이 5백만 원씩을 나누어 주었다. 그리고 집안의 경비는 물론 가정부에 이르기까지 2백만 원씩을 나누어 줌으로써 주변부터 철저히 결속시켜 나갔다.

그런데 문제는 이 과정에서 가정부에게 돈 봉투를 건네다 효주에게 발각되고 말았다.

"뭐 하는 거예요?"

"음, 그동안 너무 고생이 많은 것 같아 특별 상여금을 좀 줬어."

"얼만데요?"

"2백만 원."

"받는 사람은 제법 알차게 쓰겠네요."

"물론이지."

"그런데 옆에서 제일 고생하는 나에겐 국물도 없어요?"

효주의 말에 잠시 그녀를 황당한 표정으로 바라보던 태호는 그녀의 눈이 점차 도끼눈으로 변하자 곧바로 표정을 수습하고 말했다.

"당신에게도 줄 생각이었어."

"얼마나요."

"5백만 원."

"정말?"

"당신이 사 입고 싶은 옷 있으면 사 입고, 아니면 화장품 사는 데라도 보태 써."

"우와! 당신 정말 멋지다! 쪽!"

그녀의 볼 뽀뽀에 태호가 능청스럽게 말했다.

"여기다 해주면 안 될까?"

태호가 말을 하며 자신의 입술을 가리키자 효주 또한 아무렇지도 않은 표정으로 응대했다.

"그건 침대에 가서요."

"기대할게."

"얼마든지."

이날 밤.

효주는 태호가 기대한 이상의 서비스를 해줌으로써 앞으로도 그가 인색하게 굴지 않게 만들었다. 아무튼 이렇게 쓴 돈이 약 1억 6천만 원 정도 되지만 태호는 결코 아까워하지 않았다.

그렇지만 아직 가장 중요한 것 하나가 남았다. 즉, 이만한 성취를 이룬 자신에 대한 칭찬으로 태호는 자신이 현재 가장 원하는 물건 하나를 샀다. 바로는 아니고 시일이 좀 지나서였다.

1986년 7월 24일에 출시 예정이었기 때문에 제일 먼저 예약 신청을 하여 1호차로 받았다. 현대에서 출시한 대형차 그랜저를. 직선이 많이 들어가 디자인이 각 져 보인다고 해서 각(角) 그랜저로 불리기도 한 차종이다.

국산 대형차로는 최초로 전륜구동 방식이 채택되어 넓은 실내 공간을 자랑하는 차이기도 했다. 이렇게 세월이 흐르는 속에서 태호가 기다리고 기다리던 낭보가 미국에서 전해진 것은 신록이 푸른 5월 초였다.

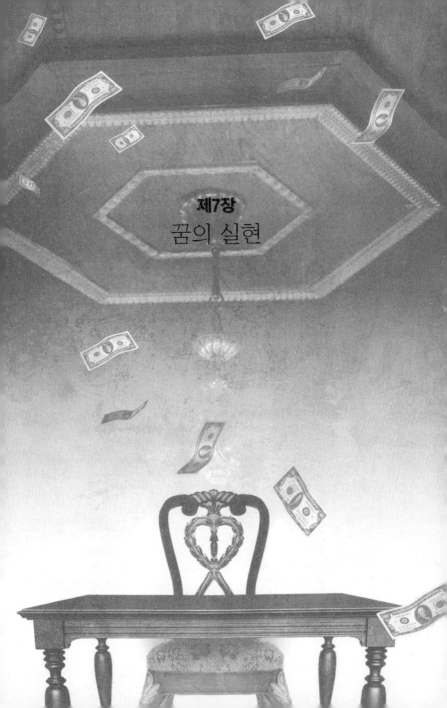

제7장

꿈의 실현

태호가 소원하면서도 이루지 못한 것 중의 하나가 자동차 업종에 대한 진출이었다. 그래서 태호는 이를 위해 일본 유명 자동차 업체인 닛산과 합작 생산을 위해 은밀히 접촉을 시도했으나 끝내 뜻을 이루지 못했다.

태호가 일본의 여러 자동차 업체 중 닛산을 합작 파트너로 선정한 데는 다 이유가 있었다. 1970~1980년대 한국 자동차 회사들은 해외 자동차회사의 기술력을 도입해 자동차를 생산했다.

현대 자동차는 미쓰비시의 도움으로 엑셀과 프레스토를 출시했고, 대우 자동차는 GM계열사인 오펠의 도움을 받아 르망을 선보였다. 또 기아 자동차는 마쓰다 자동차와 협력 관계를 맺고 1985년 1세대 프라이드를 생산하기 시작했다. 프라이드는 마쓰다 자동차의 파밀리아를 바탕으로 개발한 차량이다.

따라서 일본 유명 업체 중 한국 자동차 공업과 연을 맺지 않은 업체는 닛산과 도요타가 있었으나, 도요타는 어려울 것이라 판단해 닛산과 접촉을 시도한 것이다.

이 과정에서 픽업된 인물이 상사의 윤준오 전무였다. 일본과 미국은 물론 유럽 지역까지 세계 여러 지사에 근무한 경력이 있는 그이다 보니 일본어와 영어도 유창하고, 일본에 지인도 많을 것 같아 그를 픽업한 것이다.

물론 윤정민 경호차장 부친이라는 프리미엄이 아주 없었다고 볼 수만은 없는 선정이었다. 아무튼 닛산과의 접촉이 실패로 돌아가자 오기가 생겼는지 윤 전무는 전부터 그와 안면이 있는 미스비시 자동차의 아이카와 데츠로(相川哲郎) 전무와 접촉을 시도했다.

그러나 결론적으로 말하면 이 역시 실패하고 말았다. 거절의 이유인즉슨 이미 한국에서는 현대 자동차와 기술 제휴를 맺고 있으니 상도의상 그럴 수 없다는 것이었다.

그 대신 아이카와 데츠로 전무가 소개시켜 준 곳이 미국의 3대 자동차회사 중 하나인 크라이슬러사의 요인(要人)들이었다. 그가 그럴 수 있는 이유는 1971년 크라이슬러사가 닛산의 지분 35%를 획득한 까닭에 양 사의 교류가 빈번했기 때문이다.

여기까지 보고를 받은 태호는 이를 외부에 노출시키지 않기 위해 작년에 윤준오 전무를 전격적으로 미주 총괄 법인장으로 발령 내 크라이슬러사와의 접촉을 시도케 했다.

이때까지 미주 지사는 각 지사 단위로 움직여 효율성이 떨어지는 관계로 전 조직을 하나로 묶어 일사불란하게 움직이게 하기 위해 미주 총괄 법인을 신설하고 그를 총책임자로 전임시킨 것이다. 아무튼 이런 노력이 결실을 맺었는지 오늘 윤 전무로부터 낭보가 전해졌다.

이 낭보가 비록 전반적인 자동차 생산을 의미하는 것이 아니고 일개 부품을 생산하자는 제안이었지만, 태호로서는 시작이 반이고 첫술에 배부를 수 없다는 생각으로 이를 허락하고 보다 심도 있는 논의를 진행하도록 당부하고 전화를 끊었다.

이후 양인은 수시로 전화 통화를 하며 크라이슬러사와 끊임없는 접촉을 시도해 나갔다. 그렇게 해 어느 정도 협상이 진척되어 크라이슬러사 측이 사절단을 이끌고 전격적으로 한국을 방문하게 된 것은 점점 날씨가 더워지기 시작하는 6월 중순이었다.

그것도 크라이슬러사의 회장 리 아이아코카가 직접 사절단을 이끌고 온다는 소식에 태호는 그를 맞이하기 위한 준비로 한동안 분주하게 움직였다. 그런 속에 드디어 86년 6월 18일 수요일이 되자, 그가 전용 자가용 비행기를 타고 한국의 하늘 아래 그 모습을 드러냈다.

비록 윤 전무가 동행하고 있었지만 태호는 예정 시간보다 일찍 나와 'Welcome to Korea!'라는 피켓을 들고 기다리길 30분. 마침내 그가 입국장에 모습을 드러내자 태호는 그에게 가까이 걸어가 영업용 미소를 지으며 악수를 청했다.

"Welcome to Korea! Honor to meet you!"

태호가 상투적인 표현인 '만나서 반갑다'가 아니라 '만나서 영광'이라는 인사말을 쓴 데는 다 그만한 이유가 있었다. 크라이슬러사의 최고경영자(CEO) 리 A 아이아코카(Lido Anthony Iacocca)는 미 펜실베이니아주(州) 앨런타운 태생으로 아버지는 남부 이탈리아 출신의 자동차 대여업자였다.

따라서 어려서부터 차에 관심이 많아 리하이 대학에서 산업공학을, 프리스턴 대학에서 기계 공학을 전공한 그는 1945년 포드사(社)에 입사, 1956년부터 워싱턴 지역 세일즈맨으로 두각을 나타냈다.

1960년 부사장 겸 사업부 총 지배인으로 승진, 스포츠형 승용차 '무스탕'을 개발, 1965년에는 승용차 및 트럭 부문 부사장이 되어 포드사의 황금시대를 이룩하였다.

1969년에 S.M. 누드센 사장이 해임되자 1970년부터 포드사 사장이 되었으나 포드 2세와의 의견 충돌로 1978년 해임당했다. 그 후 크라이슬러사 재건을 위해 사장(1978)을 거쳐 최고 경영자(1979~)에 취임하였다

회장으로서 회사 경영에 대한 전권을 쥔 아이아코카는 대대적인 체질 개선에 나섰다. 당시 크라이슬러 내에는 무려 35명의 부사장이 있었다. 문제는 이들 부사장들 간의 협력이 제대로 이뤄지지 않았다는 것이다.

판매 부진과 과잉 생산에 따른 재고, 원칙 없는 자금 집행은 사내 금고를 바닥나게 했다. 1978년 GM은 미국에서 540만 대를 팔았고, 포드는 260만 대로 그 뒤를 이었다.

그러나 크라이슬러는 포드의 절반에도 못 미치는 120만 대를 팔았다. 게다가 크라이슬러 차량을 구매한 소비자 중 3분의 2가 제품에 불만을 표시했다. 이대로라면 크라이슬러에 미래는 없었다.

아이아코카는 3년 동안 35명의 부사장 중 33명을 해고하고 종업원 8천 5백 명을 해고했다. 조직의 곪은 부분을 과감하게 도려낸 것이다. 한 달마다 부사장이 한 명씩 짐을 싸고 종업원이 계속 해고되자 조직에 긴장감이 감돌기 시작했다.

이렇게 아이아코카는 인력 조정과 함께 제품 혁신에도 나

섰다. 1984년 출시한 7인승 미니밴 '캐러밴'이 대표적이다. 왜건과 밴의 장점을 섞은 차량으로 왜건보다 널찍한 실내 공간, 일반 밴보다 작고 실용적인 크기가 특징이었다.

캐러밴은 '미니밴'이라는 세그먼트를 만들며 블루오션을 장악했다. 도요타 시에나, 혼다 오디세이, 기아 카니발 등이 캐러밴의 성공을 벤치마킹한 차량이다.

아이아코카의 제품 혁신으로 1980년대 크라이슬러는 다시 한번 전성기를 맞았다. 1980년 미국 생산 대수(미국 내수, 수출 합산)는 75만 8,000대까지 줄어들며 부진했지만, 훗날에는 172만 대로 예전의 두 배를 훌쩍 넘을 정도로 호조를 나타냈다.

아무튼 이렇게 대성공을 거둔 아이아코카를 결정적으로 세계 명사 반열에 올려놓은 것은 상기의 내용을 기반으로 한 자서전 출간이었다. 84년 미국 전역에서 6백 50만 부가 팔려 베스트셀러가 됐던 아이아코카 자서전은 한국에서도 작년에 출간되어 비소설 부문 베스트셀러가 되기도 했다.

그런 그였기에 만나서 영광이라는 태호의 인사말은 아첨이 아니었다. 아무튼 태호의 인사에 아이아코카 가까이 다가온 윤 전무가 그가 그룹 부회장이라는 소개를 했다. 이에 아이아코카가 손을 잡고 흔들며 반갑다는 제스처를 취했다.

"This is our vice chairman."

"Nice to meet you!"

이렇게 인사를 나눈 두 사람은 태호의 안내로 승용차가 대기하고 있는 곳으로 향했다. 아이아코카로서는 한국이 아주 낯선 나라는 아니었다.

작년에 이미 한번 한국을 비밀리에 방문한 사실이 있기 때문이다. 그때도 한국의 자동차산업 진출을 위해 왔으나 소기의 목적을 달성하지 못했다. 이를 삼원그룹에서도 눈치채지 못했고.

그랬지만 그가 한국에 관심이 있었기에 금번 자동차 부품 생산의 전 단계까지 올 수 있는 것도 엄연한 사실이다. 아무튼 그 일행을 태워 강남의 삼원호텔에 여장을 풀게 한 태호는 이튿날부터 본격적인 협상에 임했다.

그 결과 아이아코카는 자동차 부품 중 차체 생산을 삼원 측에 제의했다. 그렇지만 태호로서는 기대에 못 미치는 것도 사실이다. 이에 태호가 파워트레인 부분까지 생산할 수 없느냐고 하자, 기지도 못하면서 날려 한다고 그가 핀잔을 주었다.

여기서 태호가 욕심을 낸 파워트레인 부분은 자동차의 핵심 부분인 엔진과 기어 부분이니 아이아코카가 어이없어하는 것은 당연한지도 모르겠다. 아무튼 무모해 보이는 태호의 제안은 그래도 일정 부분 효과를 발휘한 것도 사실이다.

아이어코카가 돌연 미스비시 사장을 한국으로 호출한 것이다. 미스비시에 35%의 지분을 소유하고 있어 그의 말을 무시할 수 없는 일본 측에서 급거 한국으로 날아온 인물은 윤 전무와 친분이 있는 아이카와 데츠로 전무였다.

회장 이하 부사장까지 모두 외유 중이어서 어쩔 수 없이 자신이 왔다는 아이카와 데츠로 전무의 해명을 액면 그대로 받아들인 듯한 아이아코카였으나, 곧 이어진 그의 발언은 미스비시 자동차에 난제를 던져주었다.

미스비시 자동차도 차체는 한국의 삼원이 생산하는 차체를 사용하는 것이 어떻겠느냐고 제안한 것이다. 이에 어쩔 수 없이 내부 논의에 착수한 미스비시 자동차 측은 결국 하나를 얻고 삼원에서의 차체 생산을 허락했다.

즉, 크라이슬러가 새로 개발한 미니 밴을 미스비시 측에서도 생산해 일본에 판매할 수 있게끔 허락을 받아내는 대신, 크라이슬러와 마찬가지로 미스비시 자동차에서 생산하는 전 차종의 차체는 삼원 측에서 공급하도록 한 것이다.

이를 위해 셋이 지분 협상에 착수해 오랜 진통 끝에 삼원이 34%, 크라이슬러, 미스비시 각각 33%의 지분으로 삼원이 경영을 맡고 양사에서 기술 지도를 하는 한편 그들의 잉여 시설 일부를 삼원 측에서 받아들이기로 했다.

즉, 차체 생산에 필요한 금형과 프레스가 그것이다. 한국에서 차체를 생산하게 됨에 따라 잉여 시설이 된 것을 삼원 측에 제공해 초기의 설비 투자를 최소케 하니 모두 이익이 되는 것도 사실이었다.

이렇게 모든 것이 결정되자 3사는 초기 자본금으로 각각 양사가 한화 100억 원(당시 환율 812원 기준 1천 2백 30만 달러), 삼원 측은 103억 원을 투자해 총 303억 원의 자본금으로 한국 내 차체 생산의 닻을 올렸다.

곧 임원진도 구성되었다. 사장으로는 태호 자신이 직접 맡고 한국 측 부사장으로는 윤준오 전무를 전격적으로 발탁해 자동차 부문 부사장으로 발령 냈다. 이에 미스비시 측에서는 지금까지 교섭 창구가 된 아이카와 데츠로(相川哲郞)를 부사장으로 승진시켜 한국으로 파견했다.

또 크라이슬러 측에서는 지금까지 포드 내부의 이사회 인원 중 하나로 근무해 온 로버트 앤서니 루츠(Robert Anthony Lutz), 줄여서 밥 루츠(Bob Lutz)라 부르는 인물을 전격 스카우트해 부사장으로 승진시킴과 동시에 한국으로 파견했다.

이렇게 인적 구성이 되는 동안 삼원 측에서는 자체적으로 부품을 생산할 용지를 전국을 대상으로 물색하기 시작했다. 단, 자동차 부품 생산 특성상 우선순위는 항구를 끼고 있는 도시로 한정했다.

그 결과 군산과 평택이 일 순위 후보로 올라왔으나 평택은 아직 항구 시설이 열악해 군산으로 선정했다. 군산으로 결정되기까지는 여러 요소에서 이 도시가 후한 점수를 받았기 때문이다.

군산이 지금까지의 항구 시설만으로도 부품 선적에 아무장애 요소가 없다는 점, 또 지금까지 이 부근에는 큰 공장이없어 인력 수급이 용이하다는 점, 또 하나의 고려 요소는 군산에 공항이 있다는 사실이었다.

비록 제1차 석유파동으로 1974년 공항이 폐쇄되긴 했으나정부에 건의해 다시 열면 되는 것도 하나의 고려 요소였고, 여기에 청주 전자 공장과의 연계도 무시할 수 없는 장점이 되었기 때문에 선정된 것이다.

이 모든 것이 결정되자 태호는 즉각 군산에 국가 산업 단지조성을 요청했고, 정부는 전라도와 충청도에 인접한 이곳의민심, 즉 선거 시 투표에서 많은 표를 얻기 위해서라도 허락하고 개발을 서두르게 되었다.

그 결과 군산시 소룡동 일원에 총면적 6,828㎢의 국가 산업 단지 조성 공사가 본격화되기 시작했다.

군산 산업 단지 조성 공사가 본격화된 시점은 지정 및 설계에서부터 토지 수용 등 여러 단계를 거치다 보니 어느새 해가바뀐 1987년 하고도 2월 달이었다. 이렇게 삼원그룹이 승승장구하고 있는 것과 달리 이 당시 대한민국은 큰 혼란에 빠져있었다.

그 발단이 된 사건이 87년 1월 14일 발생했다.

박종철 고문치사 사건(朴鍾哲 拷問致死 事件)이 그것이다. 1월 14일 서울대생 박종철(朴鍾哲)이 치안본부 남영동 대공분실에서 조사를 받던 중 고문 폭행으로 사망한 사건이 발생한 것이다.

경찰은 처음에는 단순 쇼크사로 발표하였으나 물고문과 전기고문의 심증을 굳히게 하는 부검의(剖檢醫)의 증언으로 사건 발생 5일 만인 19일 정부는 물고문 사실을 공식 시인하고 수사경관 조한경과 강진규를 특정범죄가중처벌법 위반 혐의로 구속하였다.

사건 진상의 일부가 공개되자 신민당은 정부 여당에 대하여 대대적인 공세를 개시하였으며, 재야 단체들은 규탄 성명을 발표하고 진상 규명을 요구하며 농성에 들어가는 한편, 각계 인사 9천 명으로 구성된 '박종철 군 국민추도회' 등을 주도하였다.

이로 인하여 정국은 고문 정권 규탄 및 민주화 투쟁의 소용돌이에 휘말려 들었다. 이에 정부는 내무부장관 김종호와 치안본부장 강민창의 전격 해임과 고문 근절 대책 수립 등으로 사태를 수습하려 하였다.

그러나 5월 18일 천주교정의구현전국사제단의 성명을 통하여 치안감 박처원과 경정 유정방, 박원택 등 대공 간부 3명이 이 사건을 축소 조작 하였고, 고문 가담 경관이 5명이었다는 사실이 새롭게 밝혀졌다.

이 폭로로 서울지검은 6명을 추가 구속하였고, 정부는 주요 인사에 대한 문책 인사를 단행하여 사태를 수습하려 하였으나, 경찰과 검찰의 사건 은폐 조작 시도는 정부의 도덕성에 결정적인 타격을 주었다.

그리고 이 사건과 관련된 일련의 추모 집회와 규탄 대회는 개헌 논의와 연결되면서 6월 항쟁으로 이어져 87년 민주화 운동의 촉발제가 되었다.

아무튼 이렇게 온 나라가 혼란에 휩싸여 있었음에도 불구하고 자동차 부분에서 삼원그룹에는 또 한 번의 호기가 찾아왔다. 즉, 미국의 5위 자동차 업체인 아메리칸 모터스가 경영 악화로 인해 시장에 매물로 나온 것이다.

이 아메리칸 모터스사는 이 회사 최고 재무 경영자가 '우리 회사에 투자하면 5억 달러까지 세금 감면이 된다'고 농담을 던질 정도로 누적 적지에 시달려 파산 일보 직전이었다.

게다가 7년 전 아메리칸 모터스의 지분 46.1%를 인수한 르노 역시 아메리칸 모터스의 지분 인수 후 아메리칸 모터스에서의 손실액만 7억 5천만 달러에 달할 정도로 경영 악화에 시달리고 있었다.

때문에 르노 역시 아메리칸 모터스를 인수할 의사가 전혀 없었고, 자신들의 지분마저도 매각할 수 있으면 매각하고 싶어 했다. 이런 소식을 미주 총괄 법인으로부터 접한 태호는 전략 기획실 정예 멤버를 미주 총괄 법인에 급파했다.

이 회사의 경영 내용을 분석하고 회생 가능성이 있는지 타진하기 위해서였다. 태호의 이런 발 빠른 대처에 부응하기라도 하듯 급파된 전략 기획실 정예 멤버들은 긍정적인 내용을 분석, 보고해 왔다.

—판매하는 자동차 모델이 적다고 해서 판매 대수도 적은 것은 아니다. 오히려 그 반대가 될 수도 있다. 자동차 모델이 적다면 그만큼 집중도가 높다는 반증이다. 오늘날 기업 환경에서 성공의 원동력은 집중화다.

볼보는 전 세계적으로 연간 35만 대의 자동차를 판매한다. 그럼에도 불구하고 그들은 여전히 강력한 파워 브랜드로 세계 자동차 시장에서 선전하고 있다. 지프는 미국에서 경트럭만 연간 40만 대를 생산, 판매한다.

그럼에도 불구하고 아메리칸 모터스는 적자 경영에 시달리고 있다. 그 이유는 이 회사가 자신의 장점을 버리고 잡다한 차종 구성을 하고 있기 때문이다. 지프(Jeep)라는 자동차 명이 보통명사가 될 정도로 이 타입의 차종에서는 타의 추종을 불허하는 세계적인 명성을 누리고 있는 지프를 생산하는 회사가 아메리칸 모터스이다.

그럼에도 불구하고 지프라는 단일 브랜드로 회사를 운영하지 못한 이유가 무엇인가? 경영자들은 여러 제품을 생산해 파는 것, 이 회사 경영에 도움이 된다고 판단했다.

여기에 르노는 78년 아메리칸 모터스의 지분의 거의 절반가량을 사들이면서 아메리칸 모터스를 자사의 르카르, 푸에고, 소프트왜건 모델을 판매할 유통망으로 활용할 생각만 했다. 이 모든 요소가 결합되어 오늘날의 아메리칸 모터스는 파산 직전에 이른 것이다.

만약 자동차 대리점 전시장에 아메리칸 모터스의 자체 브랜드인 이글승용차와 나란히 전시되어 지프 브랜드가 희석되지 않았다면 지프는 더욱 강력한 브랜드 파워가 되었을 것이다. 이와 같이 집중화 전략은 언제나 탈집중화 전략보다 효과적인 법이다.

따라서 아메리칸 모터스가 회생할 수 있는 길은 유통망 이용만 생각한 르노의 실수를 반복하지 않고 강력한 파워 브랜드를 이용한 지프 단일 차종 생산에 집중한다면 얼마든지 그 가능성은 열려 있다고 판단된다.

위 보고서 내용을 접한 태호는 즉시 윤준오 부사장을 현지로 급파해 협상에 임하도록 했다. 바로 아메리칸 모터스의 주거래 은행인 J. P. 모건(J.P. Morgan & Co.) 최고경영자들과 접촉하도록 한 것이다.

아메리칸 모터스는 이미 J. P. 모건은행만 해도 5억 5천만 달러를 빚지고 있어 협상권마저 상실한 지 오래였다. 따라서 바로 물건을 팔 수 있는 당사자와 협상 테이블을 꾸렸고, 결과는 역시 대성공이었다.

형식적 돈인 1달러에 인수하는 대신 아메리칸 모터스가 지고 있는 채무 5억 5천만 달러를 10년을 거쳐 분할 상환 조건으로 인수하는 데 동의서를 받아낸 것이다.

이 동의서를 가지고 삼원 측은 여타 2억 4천만 달러의 채권을 가지고 있는 뱅크오브아메리카와 시티은행과도 같은 조건의 계약서를 체결했다. 이렇게 되자 이번에는 46.1%의 지분을 쥐고 있는 르노 측에서 협상을 제의해 왔다.

마다할 이유가 없는 삼원 측에서 협상에 임한 결과 그들은 터무니없는 제안을 해왔다. 그들은 7년간 자신들이 입은 손실 7억 5천만 달러를 보전해 준다면 자신의 지분을 전량 넘겨주고 손을 떼겠다는 것이다.

이 제의에 태호는 생각할 여지도 없이 단칼에 거절해 버렸다. 솔직히 이 당시 한화로 6천 억 원이 넘는 돈을 당장 내놓을 여력이 삼원그룹에 없는 것이 한 이유이기도 했다.

어쨌거나 아메리칸 모터스의 지분 53.9%를 인수해 경영권을 확보한 삼원그룹은 르노와 같은 환상을 접고 인수 즉시 승용차와 버스, 트럭 부문 라인을 폐쇄하고 지프차 생산에만 전념하기로 했다.

다행히 86년부터 생산되기 시작한 신형 지프 랭글러가 시장의 반응이 좋아 이렇게 하는 데는 아무런 문제가 없을 듯했다. 그러나 문제는 결코 간단치가 않았다. 당장 라인 폐쇄의 위기에 놓인 생산직 종사자와 이를 납품하던 부품 납품업자들이 대거 농성에 돌입한 것이다.

이에 태호는 여러 대처 방안을 숙고하다 하나의 대안을 제시했다. 즉, 승용차와 버스, 트럭 부품 납품업자들만 모아 회의를 개최케 한 것이다. 이 회의에서 삼원 측이 그들에게 제시한 조건은 도저히 현재로서는 적자를 감수할 수 없으니 당신들의 생산 설비를 모두 한국으로 옮겨라.

그렇게 하면 계속해서 당신들 제품의 납품을 받아주겠다는 조건부 해결책을 제시한 것이다. 이에 자신들끼리 난상 토론이 벌어졌고 의견이 백출했으나 그들도 사업가. 사업가로서 이익을 남길 수만 있다면 지옥 끝까지라도 가는 것이 사업가들의 공통된 생리이다.

결국 태호의 제안이 받아들여져 졸지에 이들 부품을 생산해 낼 공장 용지는 물론 조립 라인 공장 용지까지 필요하게 된 삼원그룹이다. 이에 태호는 이 혼란스러운 정국 속에도 여러 요로를 찾아다니며 하소연하고 기름칠을 했다.

그 결과 정부로부터 군산에 기존의 4배 크기에 이르는 전용 공단 조성의 약속을 받아냈고, 미래에 대비해 조속한 군산항 확장 공사 약속도 받아내기에 이르렀다.

이 모든 것을 이루어낸 시점이 6월 초.

박종철 군 고문치사 사건으로 인해 여전히 소요 사태가 벌어지고 있는 이 시점에 결정적으로 기름을 붓는 사태가 또 일어나니, 6월 9일 발생한 이른바 이한열 사망 사건(李韓烈 死亡事件)이다.

연세대학교 정문 앞에서 1천여 명의 학생이 대정부 시위를 벌이던 중 이 학교의 경영학과 2학년 이한열 군이 경찰이 쏜 최루탄에 맞아 사망한 사건이 그것이다.

이 사건이 발생하자 6월 10일 전국 18개 도시에서 민주헌법쟁취국민운동본부가 주최하는 대규모 가두집회가 열렸고, 학생과 지금까지 방관만 하던 소위 넥타이 부대라는 직장인들마저 시위에 전폭적으로 가담해 연일 시민들의 시위가 계속되었다.

이런 속에 26일 전국 37개 도시에서 사상 최대 인원인 100여만 명이 밤늦게까지 격렬한 시위를 벌였다. 경찰력이 마비되자 정부는 한때 군 투입을 검토했다.

그러나 정부에서도 온건론이 우세하여 국민들의 직선제 개헌 요구를 받아들이기로 하니 소위 '6·29 민주화 선언'이 당시 민주정의당 대표인 노태우(盧泰遇)에 의해 발표케 되었다.

즉, 국민들의 민주화와 직선제 개헌 요구가 받아들여져 특별 선언이 이루어진 것이다. 아무튼 이 선언으로 인해 10월 27일 국민투표로 직선제 개헌이 이루어졌고, 12월 16일 대통령 선거에서 민정당 후보 노태우가 36.6%의 지지를 얻어 당선됨으로써 88년 2월 평화적으로 정권이 이양되는 것이다.

아무튼 노태우가 대통령에 당선되는 것은 추후의 일이고, 일단 6·29선언으로 소요 사태가 진정 국면을 맞은 7월 초, 전국은 서서히 장마권에 접어들고 있었다.

아직은 제주도에 장마전선이 머물고 있지만 곧 장마전선이 북상해 이틀 후면 전국이 남부 지방으로부터 차례로 장마권에 들 것이라는 기상청의 예보를 듣고 태호는 공단이 조성되고 있는 군산에 내려와 있었다.

이 현장에는 간만에 효주도 동행했다. 그동안 임신을 하여 서서히 티가 나기 시작하는 임신 5개월째. 안 움직이면 배 속의 아이가 커져 낳기 힘들다는 장모의 잔소리에 효주도 기꺼이 반응해 먼 길을 달려온 것이다.

손에 잡힐 듯 바다가 보이는 소룡동 일대 공업단지 조성 공사는 태호의 채근에 의해 청주 전용 공단과 마찬가지로 주야로 수백 대의 중장비가 굉음을 토해내고 있었다.

이 공사 역시 삼원건설이 공사권을 따내 더 열심히 일하고 있는 것도 사실이다. 아무튼 그 바람에 건설 쪽의 인력과 장비가 대폭 충원 보강되었다. 지금 삼원건설이 공사를 맡고 있는 것만 해도 상당했다.

준공을 앞두고 마무리 공사가 한창인 서귀포 호텔 공사, 올 연말이면 준공이 될 강남의 신사옥 공사, 시화호 간척사업, 청주 오창의 전용 공단 공사, 이곳 군산 공단 조성 공사 등이 그것이다.

그러니까 중국의 두 개 호텔이나 미국 연구원 등은 모두 현지 업체에 맡겼음에도 그런 것이다. 아무튼 태호가 작업 현장을 바라보고 있자니 어느 곳에 있었는지 모르지만 세 사람이 태호가 있는 곳으로 허겁지겁 달려오고 있다.

그 한 사람은 자동차 부사장인 윤준오였고, 또 한 사람은 일본인과 그 통역이었다. 일본인이라 해서 미스비시 자동차가 부사장으로 임명한 아이카와 데츠로가 아니라 다른 사람이었다.

아이카와 데츠로와 미국인 부사장 밥 루츠는 이곳 현장에서 아직은 할 일이 별로 없기 때문에 귀국해 자국에 머물러 있는 상태였다. 아무튼 지금 달려오고 있는 일본인은 아이카와 데츠로가 태호의 부탁해 의해 추천한 사람으로 미스비시 계열사인 건설의 상무로 있던 고토 하루마사(五島玄雅)라는 오십 대 인물이었다.

재일 교포 출신으로 귀화해 일본 굴지의 재벌 그룹 상무까지 오른 입지전적인 인물이다. 아이카와 데츠로의 권유에 그래도 모국을 잊을 수 없었는지 선선히 승낙하고 삼원건설의 부사장에 임명된 사람인 것이다.

아무튼 통역까지 세 사람의 인사를 받은 태호는 장마에 철저히 대비할 것을 주문했고, 역설적이지만 빠른 공기도 거듭 당부했다. 그리고 곧 태호는 현장을 떠났다.

현장을 떠나는 그의 머릿속에는 수많은 부품 공장과 자동차 조립 라인이 길게 이어지는 모습이 선명하게 그려졌고, 그 꿈을 생각하자 가슴이 부풀어 올라 입가에 미소가 떠나지 않았다.

그로부터 한 달여가 지난 8월 초.

마침내 강남 역삼동에 건설 중이던 신사옥이 완공되었다. 준공 검사를 마쳤음은 물론 당장 입주할 수 있도록 내부 칸막이 공사 등도 모두 마친 상태였다.

이렇게 되자 이 회장은 날 잡아 고사라도 한번 지내야 된다며 길일을 잡도록 비서실에 지시했다. 이에 따라 길일로 선정된 날이 오늘인 8월 9일이다. 그런데 하필 길일이라고 잡은 날이 일요일이라 중역 이하 말단까지 불만족스럽게 생각할 것 같아 태호는 이 회장에게 건의한 적이 있다.

토요일이자 입추인 8일로 날을 잡는 것이 어떻겠느냐고. 게

다가 음력으로 윤 6월이니 아무 때나 고사를 지내도 될 것이라는 속설까지 들먹이며. 그러나 어지간하면 태호의 말을 들어주는 이 회장이었지만 이 건에 대해서는 완강하게 거절했다.

비서실장이 유명한 역술인에게 받은 날짜이니 변경될 수 없다고 답변한 것이다. 이렇게 되자 어쩔 수 없이 9일 오전 9시 50분. 태호는 10시 30분 예정인 행사를 사전 점검하기 위해 눈에 띄게 배가 불러오기 시작하는 효주와 함께 현장에 도착했다.

40분 전인데도 행사가 예정된 현관 앞 보도블록이 깔린 제법 넓은 공터에는 천막 열 동만 덩그러니 쳐져 있을 뿐 몇 사람만 움직이고 있는 썰렁한 풍경을 연출하고 있었다.

이에 태호가 눈살을 찌푸리며 천막이 있는 곳으로 접근하는데 인사를 해오는 사람이 있었다.

"안녕하십니까, 부회장님?"

"수고가 많으십니다, 차 이사님."

전에 태호가 기획실장으로 있을 때 총무 팀장으로 뽑은 바 있는 차동철 이사였다. 그간 부장급 팀장에서 이사로 승진한 것이다.

전에도 이야기한 바와 같이 이 사람의 이력을 놓고 보면 차 이사는 총무직에는 전혀 어울리지 않는 사람이었다. 이제 오십을 넘긴 사람으로 우리나라에서 내로라하는 대기업 부장 출신이다. 그 회사를 그만둔 후로는 컨설팅업을 전문으로 해오던 사람이다.

그런 사람을 뜻한 바가 있어 태호가 스카우트하도록 이 회장에게 부탁해 어렵게 모신 사람이고, 태호의 눈이 틀림없다는 것을 방증하듯 그는 성실하게 일한 보답으로 그룹 총무이사로 승진해 있었다.

"아직 준비가 덜된 것 같습니다."

"네, 일요일이라 산하 말단 직원들은 가급적 집에서 쉬게 하고 간부들만 준비하려니 어려움이 좀 있네요."

"부하들을 배려해 주는 것도 좋지만 이런 날은 다 같이 출근해 준비하는 것이 맞는 것 같습니다만?"

"솔직히 저는 제가 그렇게 말해도 부하 직원 상당수가 출근할 줄 알았습니다. 간부들이 전원 출근한다는데……."

더 이상 말을 못하고 머리만 긁적이는 그를 보고 그룹 내의 한 단면을 보는 것 같아 태호로서는 비상한 결심을 하지 않을 수 없었다. 작년부터 성과급이다 어쩌고 해서 대우를 파격적으로 해주었더니 그룹 내 직원들이 붕 떠 있는 것이 아닌가 하는 생각이 든 것이다.

이렇게 된 데는 6·29선언 이후 봇물처럼 터져 나오는 타 그룹 종업원들의 처우 및 작업 환경 개선의 목소리 또한 이들에게 상당 부분 영향을 미쳤을 것이라는 생각도 들었다.

아무튼 태호의 이런 생각이 표정에 드러났는지 차 이사는 굳은 태호의 표정을 보고 안절부절 어쩔 줄 몰라 했다. 그런 그를 보고 태호가 말했다.

"솔선수범도 좋지만, 부하들에게 시킬 것은 확실히 시켜야 된다고 봅니다."

"앞으로는 꼭 그렇게 하도록 하겠습니다. 솔직히 저도 오늘 많이 서운합니다."

"곧 회장님 이하 요인들이 들이닥칠 테니 빨리 준비하도록 하세요."

"네, 부회장님."

이후 태호는 오늘의 행사를 담당한 총무부서 인원 외에 타 부서 사람도 오는 족족 그들에게 합류시켜 빨리 행사를 준비하도록 지시하고 독려했다.

이렇게 해 모든 준비를 마친 10시 15분이 되자 중역 이하 초청된 외부 인사들까지 대거 행사장으로 몰려들기 시작했다. 비로소 현장에서 슬쩍 빠져나온 태호는 담배 한 개비를 입에 물었다.

이에 무심코 따라온 효주가 태호의 곁을 떠나며 앙칼지게 말했다.

"아기 태어나면 국물도 없을 줄 알아요."

'젠장.'

내심 투덜거리며 태호는 스스로 효주로부터 더 떨어졌다.

이렇게 담배 한 개비를 태운 태호가 10분 전 식장에 도착하니 대부분의 중역 및 초청한 외부 인사들이 도착해 천막 안에 자리를 잡고 있었다. 그중에는 민정당 대표 노태우도 있어 태호는 제일 먼저 그와 인사를 나누었다.

"바쁘실 텐데도 만사 제쳐놓고 참석해 주셔서 감사합니다."

"경상도 말로 '우리가 남이가?'라는 말이 있습니다."

"하하하! 고맙습니다, 대표님!"

그와의 인사가 끝나자 수행해 온 비서실장은 물론 힘 깨나 쓰는 국회의원들이 태호에게 축하의 인사말을 건넸다.

"신사옥의 입주를 진심으로 축하드립니다."

"고맙습니다, 상임위원장님."

이런 식으로 태호는 김정렬 국무총리 이하 각부 장관들과도 차례로 인사를 나누었다. 그런 와중에 소란이 일어 뒤를 돌아보니 이 회장 부처가 경호 차량과 함께 입장하고 있었다. 시계를 얼핏 보니 행사 5분 전이다. 곧 차에서 내린 이 회장은 황망한 모습으로 노 대표는 물론 김 국무총리와 인사를 나누었다.

"갑자기 집안에 일이 생기는 바람에 늦었습니다."

"아직 식이 시작되려면 시간이 좀 남았습니다."

이 모습을 지켜보며 웃음을 머금고 있는 태호의 옆구리를 찌르는 사람이 있었다. 효주였다.

"어머, 저기 보세요. 시아버님과 어머님도 오셨어요."

"엉? 나는 초대하지 않았는데?"

"친정 부모님과 같이 차량에서 내린 걸 보니 직접 가서 모시고 온 모양이에요."

"그래서 늦으셨구먼."

태호는 말을 하며 효주를 이끌고 아버지, 어머니한테 빠른 걸음으로 다가갔다.

"오셨어요, 아버님, 어머님?"

효주의 인사에 비해 고개를 꾸벅 하는 것으로 인사를 하는 태호를 보고 어머니가 말씀하셨다.

"이렇게 좋은 일이 있으면 전화라도 한 통 주어야지. 아무것도 모르고 있다가 사돈어른이 직접 데리러 오셨으니 얼마나 황망했겠니?"

"번거로우실 것 같아……."

"그래도 그게 아니다."

장내에 마이크 소리가 들려온 것은 이때였다.

"곧 삼원그룹 신사옥 준공 및 입주를 축하하는 의식이 진행될 예정이니 내외 귀빈들께서는 지정된 좌석에 착석해 주시기 바랍니다."

때는 이때다 싶어 태호가 부모님께 말했다.

"가시죠. 아버지, 어머니."

태호는 어리벙벙해 어떻게 처신해야 할지 모르는 아버지의 손을 잡고 천막 쪽으로 이끌었고, 효주 또한 시어머니의 손을 잡고 태호의 뒤를 따랐다. 이렇게 네 사람이 천막 쪽으로 접근하자 이를 본 이 회장이 직접 앞으로 나와 두 분을 모셔갔다.

"이쪽으로."

이 모습에 모두의 시선이 세 사람에게 쏠리자 아버지, 어머니는 더욱 당황해 어쩔 줄 몰라 했다. 그런 둘을 웃음으로 맞은 이 회장은 두 분을 자신의 바로 뒤쪽 의자에 손수 앉히셨다.

그리고 준비된 꽃을 아버지 가슴에 달아주고 안사돈에게는 박 여사가 달도록 배려했다. 그리고 흰 장갑까지 건네 양인이 끼도록 했다. 이렇게 어수선한 속에 곧 오색 테이프 커팅식이 진행되었다.

그런데 이 회장은 놀랍게도 커팅식에 참석한 노태우 대표와 김 국무총리와 함께 태호의 부모님도 기꺼이 이 자리에 모셨다. 그것도 자신의 바로 우측 태호 부부 사이에. 물론 노 대표와 김 국무총리가 이 회장 좌측에 선 모양새가 되었다.

여기에 소인섭 부부와 편봉호 부부 역시 좌우 날개를 이루어 커팅식이 곧 진행되었다. 참석한 모든 이의 일제 가위질에 오색 테이프가 우수수 땅에 떨어지자, 오색 풍선이 하늘로 날아오르고 장내는 박수와 함성 소리로 뒤덮였다.

이때 갑자기 인파를 헤치고 주변에 차량 한 대가 멎더니 그 속에서 임명된 지 한 달여밖에 안 된 김윤환 청와대 비서실장이 차에서 내려 급히 이 회장에게 인사를 했다.

"늦었습니다."

"아, 아닙니다. 기다리다 방금 시작했습니다."

전혀 기다리지 않고 정시에 시작했음에도 불구하고 김 비서실장의 체면을 살려주며 이 회장이 그를 급히 귀빈석으로 안내했다. 이렇게 시작된 이날의 행사는 곧 현관에 차려진 고사 상에 절을 하는 것으로 이어졌다.

먼저 이 회장 부부가 흰 봉투를 돼지의 벌려진 입에 꽂고 절을 하는 것을 시작으로 노 대표와 김 총리, 김 비서실장이 차례로 흰 봉투를 꽂고 절을 하자 태호 또한 준비한 봉투를 아버지 손에 들려주며 함께 고사 상 앞에 섰다.

그런데 여기서 민망한 일이 생겼다. 태호가 준 봉투를 아버지가 돼지 입에 물리려는데 먼저 꽂은 것이 있어 자꾸 떨어져 나왔다. 이를 본 태호가 급히 아버지 곁으로 다가가 봉투를 빼앗아 들더니 안의 수표 몇 장만 꺼내 또르르 말아 돼지 코에 쑤셔 넣었다.

이 모양을 보고 장내에서 한바탕 웃음이 터지는 가운데 네 사람은 얼른 절을 마치고 그 자리를 물러났다. 물론 이 과정에서 배가 불러오는 효주는 큰절이 아닌 간단히 고개를 숙이는 것으로 절을 대신했다.

이런 해프닝 속에 무난히 식을 마치자 초청한 대부분의 인사들이 모두 떠나고 나머지 사람들은 지하 1층에 자리한 대형 구내식당으로 이동해 준비된 음식을 들었다.

이 회장 내외, 태호 부부와 함께 식사를 마친 아버지, 어머니는 태호와 효주를 한쪽 구석으로 불러내 내려가시겠다는 의사를 피력하셨다. 이에 효주가 말했다.

"모처럼 올라오셨으니 저희 집에서 하룻밤 주무시고 가세요. 네?"

"아, 아니다. 집안에 농사거리며 할 일이 태산이다."

"더운데 농사는 무슨 농사예요. 며느리 말대로 그렇게 하도록 하세요."

"아니라니까 그러네. 나는 신경이 예민해서 남의 집에서 절대 하룻밤도 못 잔다."

어머니의 말에 태호가 이의를 제기했다.

"자식의 집이 어찌 남의 집이에요?"

"말이 그렇다는 거지."

이렇게 실랑이가 길어지자 이번에는 아버지가 나섰다.

"폐 끼치기 싫어 그런 것이니 너희들이 이해하고……."

이때, 이야기가 길어지자 어느새 뒤에 서 있던 이 회장이 권했다.

"우리 집에 하룻밤 묵어가시는 게 어떠신지요?"

"아, 아닙니다."

펄쩍 뛰는 아버지였다. 자식 집도 폐 끼치기 싫다고 그냥 내려가시려는 분들인데, 더 어려운 사돈집은 절대 주무시고 갈 분들이 아님을 안 태호가 최정태 경호과장을 불러 시골집까지 직접 모셔다 드리도록 조처했다.

＊　　　＊　　　＊

다음 날 오전 7시.

오늘도 변함없이 진행된 간부 회의 석상.

예하 참석한 전 간부의 면면을 둘러본 태호가 엄숙히 말했다.

"오늘부터 각 사가 신사옥으로 이전을 시작할 것으로 압니다. 이 과정에서 집기며 비품들의 구매를 최소한으로 줄이도록 하세요. 전에 사용하던 것을 모두 그대로 다 사용하란 말입니다. 괜히 신사옥으로 이전한다고 해서 집기류며 비품을 새것으로 산다고 돈 낭비하지 말고. 아시겠습니까?"

"네, 부회장님!"

"만약 제 말에도 불구하고 제 지시를 어기는 분이 있다면, 흥, 그때는 알아서 하십시오."

태호가 이렇게까지 이야기하자 감히 새로운 집기와 비품 구입은 꿈도 못 꾸게 된 예하 계열사 사장들이다.

"또 요즘 보면 남의 장단에 춤추는 것도 아니고, 직원들의 기강이 많이 해이해진 것 같습니다. 따라서 앞으로는 보다 엄격히 출결부터 관리하는 것은 물론 업무 전반에 걸쳐 기강을 바로잡도록 하세요. 아시겠습니까?"

"네, 부회장님!"

위의 두 안건을 주요 안건으로 해서 회의를 마친 태호는 오전 업무가 시작되자마자 차동철 총무이사를 자신의 집무실로 불러들여 대대적인 연구 인력의 확충을 지시했다.

지금까지 국내는 명성 있는 소수의 사람들만 남에게 빼앗길까 봐 확보한 상태이므로 석·박사 외에도 학사 연구 인력도 대거 충원하도록 지시한 것이다. 이들은 물론 예정대로 비게 될 구사옥을 연구실로 사용해 연구에 전념하게 될 것이다.

아무튼 이렇게 세월이 흘러 각 계열사는 물론 이 회장과 태호까지 이전을 완료한 금요일 아침, 업무가 시작되자마자 태호는 회장실의 호출을 받고 회장실로 찾아들었다.

태호가 회장실에 도착해 보니 시멘트의 소인섭 사장은 물론 제과의 편봉호 사장까지 이미 와 있었다. 태호의 인사를 받은 이 회장이 말했다.

"지금부터 전 부서를 순시할 테니 따라오도록."

"네, 회장님."

태호를 제외한 두 사람이 씩씩하게 답하는 가운데 이들은 곧 이 회장의 뒤를 따르기 시작했다. 곧 33층 회장실을 벗어난 일행은 태호가 집무실로 쓰고 있는 32층으로 계단을 타고 내려왔다.

여기서 비서실은 물론 그 옆에 위치한 기획실, 그리고 정보실, 대소 회의실까지 차례로 둘러본 일행은 계속 계단을 타고 내려가며 그 아래층에 위치한 태호 예하 소속 계열사들도 차례로 순시했다.

이렇게 20층까지 고개만 끄덕이며 근무하고 있던 사원들의 인사까지 친절하게 받던 이 회장의 표정이 19층부터 돌연 굳어지기 시작했다. 편봉호 사장의 집무실이 시작된 층이다.

그리고 그 밑으로 내려가면서 편봉호 사장 예하 계열사들은 물론 그 밑층에 위치한 소 사장의 계열사들까지 끝내 인상을 펴지 않은 이 회장이 예정된 층의 순시를 마치고 나더니 소, 편 양 사장을 보고 툭 던지듯 물었다.

"순시를 하면서 느낀 점 없어?"

"그, 그것이……"

편봉호 사장도 감은 잡은 모습이나 대답하기 어려운지 머리만 긁적이고 있다. 이때 갑자기 이 회장이 노성을 터뜨리며 양인을 번갈아가며 쏘아보았다.

"이것들이 회사가 좀 잘나간다고 눈에 보이는 게 없나? 왜 모든 집기와 비품을 새것으로 바꿨어? 그렇게 돈이 남아돌아? 쓸 만한 것도 죄다 갖다 버리고 말이야! 막말로 너희들이 회사에 공헌을 했으면 얼마나 했어? 여기 있는 부회장 아니었으면 오늘날 우리 그룹이 이 정도의 위상을 갖추었겠어? 아직도 중위권에서 빌빌 대고 있을 것인데 말이야! 정신들 똑바로 차려! 요즘 보면 너나 할 것 없이 기강이 해이해 가지고! 이러다 회사 망하는 건 한순간이야! 앞으로 내 유심히 지켜볼 테다! 앞으로도 계속 이딴 식이면… 흥, 알아서들 해!"

"면목 없습니다, 회장님!"

"정신 차리고 똑바로 잘하겠습니다, 회장님!"

소 사장부터 편 사장에 이르기까지 차례로 고개를 조아리는 가운데 그래도 분이 안 풀리는지 한동안 씩씩거리던 이 회장이 한마디를 남기고 그 자리를 떠나갔다.

"에이, 고얀 것들 같으니라고."

이렇게 셋이 남게 되자 편 사장이 비아냥거리는 어투로 태호에게 말했다.

"자네만 살자는 것인가? 우리에게 귀띔이라도 해주었으면 이런 봉변은 안 당했잖은가?"

"이 사람아, 뭔 말을 그렇게 해, 부회장님께? 우리의 잘못을 어찌 부회장님을 걸고넘어져?"

"흥! 형님도 똑같은 동패인가 보네요. 흥! 잘해보세요. 이 몸은 진즉에 눈 밖에 난 몸, 알아서 할 테니까요."

말을 끝내자마자 편봉호는 누가 잡기라도 하듯 황급히 그 자리를 빠져나갔다. 이 모습을 보고 태호가 개 꼬리 삼 년 묻어두어도 황모 못 된다는 생각을 하고 있는데 소 사장이 말했다.

"미안하오. 내가 다 손아랫사람을 잘못 다스린 탓이지."

"아, 아닙니다. 제 생각이 짧았던 것 같습니다. 그룹 전체에 지시를 내렸으면 이런 일은 없었을 텐데 형님들이 어렵기도 하고 전 그룹에 지사를 내리는 것은 주제넘은 것 같아서……."

"알아, 알아. 일리 있는 말. 앞으로나 잘해봅시다."

반말과 반 공대를 왔다 갔다 하며 손을 내미는 소 사장의 손을 잡고 잠시 흔든 태호는 곧 그 자리를 떠나갔다. 자신의 집무실로 향하는 태호의 마음은 소태를 씹은 것처럼 쓰기만 했다.

*   *   *

아침저녁으로 찬바람이 솔솔 불어오기 시작하는 9월 초.

태호는 모든 준비가 끝나자 미국 순방길에 올랐다. 1년 4개월 만에 준공된 실리콘밸리 내 연구소 및 새로 인수한 아메리칸 모터스, 아니, 지프 모터스(Jeep Motors Corporation)로 개명한 자동차 공장을 돌아보기 위함이다.

생각과 달리 문제가 있었기 때문이다. 아무튼 태호의 이 미국행에는 반도체 부사장 테드 호프, 한국 측 자동차 부사장 윤준오와 정 비서실장, 그리고 윤정민 경호차장 외에 9명의 경호원과 2명의 통역이 수행하고 있었다.

곧 한국을 떠난 태호 일행은 일본에 들러 아이카와 데츠로 일본 측 부사장을 데리고 이들이 향한 곳은 미국이 아닌 엉뚱하게도 브라질 제1의 도시이자 남아메리카 최대 도시인 상파울루(São Paulo)였다.

늦은 오후에 도착해 삼원상사 남미 현지 지사장 남상필의 안내로 그랜드호텔에 여장을 푼 일행이 장시간의 비행에 모두 휴식을 취하고 있는데, 정 비서실장이 태호에게 찾아와 말했다.

"제가 가서 그를 데리고 오겠습니다."

"아, 아닙니다. 제가 직접 찾아가겠습니다.

"굳이 그렇게까지 할 필요야……."

"삼고초려라는 말도 있지 않습니까?"

"알겠습니다. 윤 차장과 남 지사장에게 지시해 곧 출발할 수 있도록 준비하겠습니다."

"그러시죠."

10분 후 태호는 남상필 지사장의 안내로 미쉐린(Michelin) 남미 총괄 지사로 향했다. 위성도시를 합해 1,800만 명이 사는 남미 최대 도시답게 번잡한 시내를 한 시간가량 달려 프랑스의 세계적 타이어 제조업체 미쉐린 지사에 도착한 태호는 곧 지사장과의 면담을 요청했다.

이에 마침 자리에 있던 지사장이 자신의 방으로 안내하는데 태호의 예상대로 지사장이 상당히 젊었다. 마주 앉자마자 한국 나이로 금년 34세인 카를로스 곤(Carlos Ghosn)이 의아한 얼굴로 물었다.

"어떻게 오셨습니까? 혹시 저를 찾은 특별한 이유라도 있는지요?"

"있습니다."

태호의 단호한 대답에도 젊은 카를로스 곤은 그의 입만 주시한 채 말이 없었다. 이에 태호가 바로 그를 찾아온 용건을 말했다.

"우선 내 소개부터 하는 것이 순서겠지요. 나로 말할 것 같으면 코리아에서 1, 2위를 다투는 기업인 삼원그룹의 부회장으로, 아메리칸 모터스 아시죠?"

"물론이죠. 비록 지금은 경영 악화로 명성이 퇴색했지만 한때는 전미 4위에 랭크되는 잘나가는 자동차 기업 아닙니까? 아, 그것이 이번에 귀 그룹에 넘어갔지요?"

"잘 아시는군요."

"타이어 판매를 주업으로 하는 사람이 자동차 시장의 사정을 모른다는 것은 말도 안 되는 이야기지요. 그런데 무엇 때문에 절 보자고 하신 겁니까?"

태호가 알아맞혀 보라는 듯 빙그레 웃고만 있자 그가 곧 말했다.

"혹시 우리의 타이어를 지프에서 채택하시려 합니까? 아, 그것도 말이 안 되는군요. 설령 그런 의사가 있다 해도 우리에게는 북미 지사가 있으니 그곳으로 갔겠지요."

자문자답하던 그가 끝내 영문을 몰라 고개를 흔들자 태호가 말했다.

"당신을 모시러 왔습니다."

"네?"

"나는 당신의 능력을 높이 사 우리 그룹 자동차 부문 보좌역에 임명하고 싶습니다."

"무슨 말도 안 되는 소릴. 내 능력을 어떻게 알고 먼 이역 땅에서 날 찾아온다는 겁니까?"

"나에게는 특별한 능력이 하나 있는데, 곧 미래를 꿰뚫는 능력입니다. 따라서 나에게는 장래 당신의 능력과 명성이 보입니다."

"허, 거참. 내가 점성술사를 마주하고 있는 것도 아니고… 혹시 장난을 치는 것은 아니겠지요?"

"장난으로 먼 이곳까지 수만 리를 날아올 일이 있습니까?"

이렇게까지 대화가 진행되자 비로소 심각한 표정으로 곤은 생각에 잠겼다.

그런 그에게 태호가 덧붙여 말했다.

"연봉에 관해서는 백지위임장을 드리겠습니다."

진지한 자세로 '백지위임장'까지 운운하니 고민이 더 깊어지는지 곤의 생각이 더 길게 이어졌다. 그런 그가 마침내 입을 떼었다.

"아무리 생각해도 안 되겠습니다."

"왜요? 특별한 이유라도 있습니까?"

"모든 부문에서 최연소 기록을 갈아치운 저지만, 아직은 제 능력에 확신할 수 없는 것이 가장 큰 이유입니다."

"내가 당신을 믿는다 하지 않습니까?"

그래도 손을 내저으며 고사하는 그를 보고 답답함을 느낀 태호가 한 번 더 졸라보지만 그는 결심을 굳혔는지 이내 돌아갈 것만 권했다.

어쩔 수 없이 호텔로 돌아온 태호는 그로부터 연이어 사흘,

아니, 오 일을 찾아가서야 끝내 그로부터 항서를 받아냈다. 태호의 정성을 그가 끝내 외면할 수 없어 억지 승낙을 한 것이다.

그런 그에게 태호는 한 술 더 떴다. 바로 지프사 방문에 동행을 청한 것이다. 이에 그가 짐 운운하며 망설이자 태호는 즉석에서 수행한 남미 지사장에게 그가 원하는 모든 것을 잘 꾸려 지정 장소에 수화물로 붙일 것을 지시했다.

이렇게까지 되니 그도 어쩔 수 없이 태호의 뒤를 따라 미국행 비행기에 탑승하지 않을 수 없었다. 여기서 태호가 오고초려 끝에 영입한 카를로스 곤을 잠시 소개하면 그는 아래와 같은 인물이다.

원역사에서 장래인 1999년 경영 위기에 직면한 닛산 자동차의 최고운영책임자(CEO)로 발령받아 2000년 6월 사장으로 승격된 이래 과감한 비용 절감 조치를 통해 닛산 자동차의 성공적인 재건을 이뤄낸 경영인이 그였다.

레바논인 아버지와 프랑스인 어머니를 둔 레바논계 이민 3세로 1954년 브라질에서 태어나 레바논에서 자랐으며, 프랑스의 명문 국립 이공과 대학(에콜폴리테크니크)을 졸업했다. 영어·프랑스어·이탈리아어 등 5개 국어에 능통하며, 프랑스와 브라질 국적을 갖고 있는 사람이기도 했다.

타이어 메이커 '미쉐린'에 입사, 31세(1985년)에 남미 사업 총괄 지사장이 됐고, 35세에 북미 미쉐린 CEO가 되는 등 최연소 승진의 주인공이 되는 인물을 태호는 필요에 의해 입도선매한 것이다.

아무튼 곤까지 탑승시킨 태호 일행이 탄 항공기는 장시간의 비행 끝에 오하이오주의 주도 포트콜럼버스(Port Columbus)국제공항에 사뿐히 그 거대한 동체를 안착시켰다.

이들이 이 공항에 도착한 시간은 오전 9시였고, 공항에는 사전 연락에 의해 현지에서 체류 중이던 크라이슬러사에서 임명한 미국 측 부사장 밥 루츠(Bob Lutz)와 현 지프 자동차 사장 로버트 이튼(Robert Eaton)이 마중을 나와 있었다.

태호 일행은 곧 이들이 가지고 온 차를 이용해 지프 조립 라인이 있는 톨레도(Toledo) 공장으로 이동하기 시작했다. 이동 중 태호의 특별 요청에 의해 옆자리에 동승하게 된 지프 자동차 사장 로버트 이튼에게 태호가 물었다.

"여전히 46.1%의 지분을 갖고 있는 르노 측의 반대가 심합니까?"

"그렇습니다. 이사회를 개최할 때마다 사사건건 반대하고 있고요. 라인 폐쇄로 인해 직장을 잃게 된 종업원들을 선동하여 연일 시위를 벌이고 있습니다. 아직은 생산을 하고 있는 관계로 부품 생산 업체는 이 시위에 가담하지 않고 있으나, 앞으로는 이들까지 가세하면 더 큰 문제가 발생할 것 같습니다."

"흐흠……."

태호가 생각에 잠겨 있는데 이튼 사장이 다시 말했다.

"그래도 다행인 것은 군용과 민수용 지프차만 생산하기 시작하자 생산성이 많이 향상되었다는 점입니다. 전에는 일 최대 생산량이 700대였으나 지금은 일 800대로 100대가 증가했습니다."

"그건 고무적인 현상이군요. 그런데 문제는 지프 외에는 모든 생산 라인과 부품 공장을 한국으로 옮긴다고 사사건건 반대를 일삼고 있는 르노 측의 반발을 어떻게 하면 잠재울 수 있을지, 그에 대해 생각해 보신 적이 있습니까?"

"만약 사장 자리를 그쪽에 넘겨주면 그들도 감격해 우리의 계획에 동참하지 않을까 하는 생각을 해보았습니다."

설레설레 고개까지 저으며 태호가 말했다.

"그건 너무 순진한 발상 같습니다. 당신이 사장 자리를 물러나면서까지 지프 자동차를 발전시키려는 헌신이 빛을 발하는 것이 아니라 오히려 전으로 돌아갈 가능성만 더 커질 것 같습니다."

"그러면 어쩌죠?"

"르노 측과 담판을 짓는 것 외에는 달리 방법이 없는 것 같습니다."

이렇게 말하고 태호가 입을 꾹 닫고 있자, 둘의 대화는 여기서 단절되었다.

태호 일행이 이 공장에 도착한 것은 늦은 오후였다. 톨레도라는 도시가 오하이오주에 속해 있긴 했으나, 자동차 도시 디트로이트가 있는 도시 미시간주와 매우 가까운 오하이오주 중에서도 가장 북쪽에 위치해 있어 그렇게 된 것이다.

아무튼 태호 일행이 공장으로 들어서니 태호의 우려와 달리 시위를 하고 있는 노동자들이 없었다. 이에 태호가 이상해서 어떻게 된 연유인지 이튼에게 물었다. 그러자 그가 웃으며 답했다.

"아침 출근 시간에만 나와 잠시 시위를 벌이곤 곧 해산합니다."

"그나마 다행이군요."

"그러니 작업에 지장을 안 받아 생산성이 오를 수 있는 것이지요."

"사무실에 도착하는 대로 르노 측 대표와 만날 수 있게 해주세요."

"알겠습니다."

머지않아 사장실에 도착하자 이튼의 연락으로 한 인물이 사장실을 찾아들었다. 사십 대 후반의 현 지프 부사장 기욤 베르티(Guillaume Berthi)가 그다. 이름에서 알 수 있듯 그는 프랑스 출신이었다.

상견례를 끝내고 그와 대좌한 태호는 그를 바라본 채 한동안 입을 열지 않았다. 이렇게 하면 대개의 경우 대가 약한 사람은 먼저 말을 걸든지 아니면 몸을 꼼지락거린다. 베르티 역시 강골은 아닌지 몸을 좌우로 흔들며 이상행동을 하기 시작했다.

이렇게 해 기선 제압에 성공한 태호가 그에게 물었다.

"르노 측이 우리가 그 지분을 인수하지 않는다고 협조적으로 나오지 않는 것은 물론 훼방마저 놓는 것은 매우 유감입니다. 그렇다고 귀 측에 무슨 이익이라도 발생합니까? 공멸 외에 다른 길이 없지 않습니까?"

베르티도 공감하는지 말없이 시선을 회피했다.

"우리의 경영이 잘되어야 당신들의 지분 가치도 올라 적자를 보전할 수 있는 것 아닙니까? 그러니 우리의 계획에 협조해 주세요."

"……."

역시 묵묵부답인 그를 보고 태호가 배석한 모든 사람을 내보냈다. 그 하나와 통역만 남겨둔 채. 그런 자리에서 태호가 제의했다.

"당신들이 지프 경영에 완전히 손을 떼는 대가로 늦어도 15년 내에는 당신들의 지분 전량을 당신들의 요구대로 7억 5천만 달러에 인수하겠습니다. 아니면 그에 상응하는 우리의 지분을 나

뭐 드리겠습니다. 어떻습니까?"

"그런 중대 제안은 제 단독으로 결정할 수 없습니다. 본사에 연락해 3일 내로 답변을 드리도록 하겠습니다."

"좋습니다."

이렇게 하루 일정을 마치고 태호는 회사 측에서 제공한 숙소에서 하룻밤을 편하게 보냈다.

다음 날 출근 시간.

지프 외에 전 AMC(아메리칸 모터스 자동차)에서 생산하던 소형자동차, 트럭, 버스, 정원용 트랙터 및 잔디 깎는 기계, 심지어 자동차와 가전제품 등에 사용되는 다양한 성형 플라스틱 부품 생산직 노동자 수천 명이 각종 차를 타고 와 시위를 하기 위해 집결하는 광경을 태호 및 그를 수행한 수행원과 로버트 이튼 사장이 지켜보고 있었다.

이를 함께 지켜보고 있던 윤준오 부사장이 느닷없이 대소를 터뜨리며 말했다.

"하하하! 잘 닦인 도로에 험비(Humvee)를 타고 오는 놈들은 뭡니까? 저러니 망하지. 저놈들 타고 온 차 좀 보십시오. 제각각 아닙니까? 만약 현대에서 자신들이 생산하는 차가 아닌 타사 제품의 차를 타고 왔다면 아마 한바탕 난리가 났을 겁니다. 그런데 저놈들은 AMC에서 생산한 차종보다 타사 제품이 더 많군요. 저렇게 애사심이 없으니 회사가 망하는 것이 당연한지도 모르겠습니다."

이를 받아 그 옆에 있던 로버트 이튼이 말했다.

"험비 또한 10여 년 전에 AM 제너럴로 분리되기 전에는 우리(AMC) 차종이었죠."

이를 받아 카를로스 곤이 이튼에게 물었다.

"AM 제너럴은 험비를 왜 민간용은 생산하지 않습니까?"

"그야 모르죠."

여기서 이들이 주고받는 험비(Humvee)의 이해를 돕기 위해 소개하면 아래와 같다. 미국이 개발한 고성능 사륜구동 수송 차량이다. 정식 명칭은 고기동성 다목적 차량(High Mobility Multipurpose Wheeled Vehicle, HMMWV)이다.

험비는 원역사에서 1991년 걸프전쟁을 통해 더 유명해진 차량으로, 당시의 걸프전이 CNN을 통해 생중계되면서 험비는 미군의 아이콘처럼 인식되게 되었다.

당시 군용 차량의 상식을 뛰어넘는 기동 차량 험비는 경사각 60도를 등판할 수 있고, 46㎝ 높이의 수직 장애물이나 76㎝ 깊이의 참호도 거침없이 통과할 수 있는 전천후 주행 능력을 자랑하며 종횡무진 달리는 것을 보고 스테로이드를 맞은 지프가 아니냐는 말을 할 정도였다.

아무튼 이들의 주고받는 대화에서 무언가 퍼뜩 스치는 것이 있어 태호가 이튼에게 물었다.

"AM 제너럴과 우리가 다시 합칠 수는 없습니까?"

"아마 불가능할 겁니다. 이제는 소유와 경영이 완전히 분리되어서……."

이 말을 들은 카를로스 곤이 말했다.

"그렇다면 그들에게 민수용 험비를 생산하도록 해 판권은 우리에게 달라는 것은 어떻습니까? 그렇게 되면 우리의 지프 매장과 구색도 잘 맞을 텐데요."

확실히 타이어가 자동차와 불가분의 관계에 있으니 곤은 자동차에 대해 아는 것도 많았고, 벌써부터 뛰어난 기지를 발휘하고 있었다. 아무튼 이를 받아 태호가 말했다.

"어디 당신의 수완을 봅시다. 즉시 AM 제너럴과 교섭에 착수하여 당신의 제안대로 만들어보도록 하세요."

"알겠습니다. 한번 시도해 보죠."

즉시 움직이려는 곤을 제지한 태호가 이튼에게 말했다.

"시위대를 한군데로 모아주세요. 저들에게 할 말이 있습니다."

"무슨 말을 하시려고요. 봉변이나 당하지 않을는지 심히 우려스럽습니다."

"괜찮습니다. 저들에게 꼭 할 말이 있습니다."

"정 그러시다면……."

곧 사내 방송을 통해 이튼이 시위대를 공장 공터에 집합시키자 마이크를 잡고 단상에 오른 태호가 말했다. 사전에 영어로 준비한 말이기도 했다.

"우리가 라인을 폐쇄했다고 해서 영구히 폐쇄하는 것은 아닙니다. 우리 지프가 흑자가 난다면 우리는 기존의 제품을 분명 미국 이 땅에서 다시 생산하게 될 겁니다. 그렇게 되면 고생한 여러분을 우리는 절대 잊지 않고 여러분부터 먼저 채용할 것을 이 자리에서 분명히 약속드립니다. 그러니 우리의 선의를 믿고 이제 시위는 그만하시고 조금만 기다려 주시기 바랍니다. 이상!"

"그 조금이 언제까지입니까?"

어느 노동자의 거친 질문에도 태호는 침착하게 답변했다.

"시기를 확정지어 답할 수는 없지만, 머지않은 장래에 그렇게 되리라고 확신합니다."

"그 말을 우리보고 믿으라고요?"

"믿든 안 믿든 그건 여러분의 자유이고, 나는 내 말에 책임을 질 겁니다."

"젠장, 어느 세월에……."

반신반의하면서도 시위대의 태도가 많이 누그러지는 것을 보며 태호는 미련 없이 현장에서 등을 돌렸다.

이날 오후.

태호는 이튼에게 지시해 전의 모든 부품 공급 업자들을 한 자리에 불러보았다. 그리고 그들이 거느리고 있는 종업원들에게도 반드시 이 땅에 돌아와 사업할 날이 있으리라는 것을 문을 닫는 당일 발표하도록 했다.

이날 저녁.

AM 제너럴 측을 찾아갔던 카를로스 곤이 돌아와 보고했다.

"제 제안이 일리 있다고 우리에게 런칭하기로 했습니다. 그러니까 민수용 험비를 개발해 양산하게 되면 판매는 우리에게 일임한다는 것이죠."

"좋습니다. 그대로 진행하도록 합시다."

"네, 부회장님!"

이렇게 겨울에는 눈도 많이 오고 상당히 추운 날씨라 곤란하지만, 여름은 매우 살기 좋은 도시인 톨레도에서의 또 하루가 지나가고 있었다.

다음 날 오후.

기욤 베르티가 태호에게 면담을 요청해 왔다. 이에 태호가 응해 두 사람은 그의 집무실인 부사장실에서 그와 대좌하게 되었다. 태호가 입을 닫고 있으니 그가 먼저 말문을 열었다.

"그 기간을 10년으로 앞당겨 준다면 귀 측의 제의에 따르겠다는 것이 본사 회장님의 말씀입니다."

"10년?"

잠시 생각하던 태호가 단호한 표정으로 말했다.

"좋습니다. 그렇게 하도록 하겠습니다."

"문서로 확약해 주세요."

"좋습니다."

태호는 실무진을 불러들여 상기의 내용을 바탕으로 확인서를 써주도록 했다. 이 과정에서 몇몇의 우려가 있었지만 태호는 우선 정상화를 시켜야 죽이 되든 밥이 되든 한다며 강력하게 밀어붙였다.

아무튼 확인서를 받아 든 기욤 베르티가 말했다.

"고맙습니다. 그럼 우리는 이곳에 감사 한 명만 남기고 정리가 되는 대로 모두 떠나도록 하겠습니다."

"승인합니다."

이렇게 되어 르노와의 불협화음도 해소한 태호는 이튿날도 시위 현장을 지켜보았다. 다행히 시위대의 규모는 어제와 달랐다. 규모가 1/3쯤 줄어든 것이다. 그렇게 또 며칠이 흘러 넷째 날은 그 규모가 확연히 줄어들었다. 처음의 1/5 수준이었다.

달리 방법이 없는 이들로서는 태호의 말을 믿는지 첫날에 이어 계속 줄어들더니 르노 측마저 발을 뺄 것을 천명한 넷째 날은 그 규모가 완전히 줄어든 것이다.

이렇게 지프 자동차가 점차 안정화의 길로 접어드는 것을 보며 태호는 다음 날 이튼 사장 이하 현지의 전 간부들을 회의장으로 불러 모았다. 그리고 수행한 간부들도 모두 배석시킨 가운데 지시 사항을 하달하기 시작했다.

"사업은 어찌 되었든 수익이 나야 합니다. 우리가 지프만 생산 판매하는 올해를 기점으로 우리 회사는 분명 흑자로 돌아설 것입니다. 그렇다고 가장 중요한 연구를 등한히 해서는 매일 남의 뒤만 쫓다 말 것입니다. 그래서 몇 가지 지시 사항을 하달할 테니 잘 듣고 그대로 따라주시기 바랍니다."

여기서 말을 끊고 장내를 삼엄한 시선으로 돌아본 태호의 말이 이어졌다.

"앞으로 지프차도 마찬가지고 우리 회사는 전 차종을 소형화에 집중하십시오. 큰 차는 험비를 우리가 판매하기로 했으니 그것으로 됐습니다. 따라서 SUV(Sport Utility Vehicle) 차량의 원조인 우리가 SUV도 개발하되 소형에 집중하십시오. 소형차에 집중하라는 것은 무엇이냐? 연비를 적게 만드는 차를 지속적으로 개발하라는 것입니다. 차의 크기도 중요하지만 요는 연비란 말입니다. 그런데 이것이 구호로만 가능할까요? 절대 불가능할 겁니다. 그래서 나는 디트로이트 등 주변의 실직되고 될 연구 인력을 대대적으로 충원하여 연비 개선에 올인 하려 합니다. 우리 자동차회사가 살고 죽는 것을 넘어 세계 1등 차가 되고 못 되는 것은 오직 연비를 세계 최고 수준으로 끌어올릴 수 있느냐 없느냐에 달렸다는 것을 뼈에 새겨 잊지 않도록 하십시오."

잠시 말을 멈춘 태호가 이어 말했다.

"이웃의 빅3야 어떻게 하든 돌아보지 마십시오. 우리는 오직 제가 천명한 대로 연비를 최고 수준으로 개선하여 제일 기름이 적게 먹는 차를 만드는 데 집중에 집중을 해야 합니다. 나의 지시 사항은 여기까지이고, 연구 인력을 어떻게 충원하고 연비를 언제까지 세계 최고 수준으로 끌어올릴 것인가에 대한 로드맵은 여러분이 토의를 통해 결정하시고 본인에게 제출해 주시기 바랍니다. 이상입니다."

말이 끝나자마자 태호는 뒤 한번 돌아보지 않고 그 자리를 떠났다. 이는 이들과 마주 앉아 토의를 하다 보면 타협의 여지가 생길까 봐 단호한 자세를 취한 것이고, 그들에게 보여주기 위한 것이기도 했다.

아무튼 태호가 이렇게 연비 제일주의를 지나치리만큼 강조한 것은 미국의 가장 큰 세 자동차회사가 왜 몰락의 길을 걷게 되는지 그 시대적 배경과 함께 그 원인을 잘 알고 있었기 때문이다.

제8장

회장이 되다 Ⅰ

1973년, 석유 위기가 닥치자 그간 디자인과 더불어 '크고, 무겁고, 강력한 자동차'에만 집착해, 문자 그대로 흥청망청하는 기름 잔치판을 벌여온 미국 자동차들은, 연비 효율이 높고 값도 비교적 싼 일본, 독일 자동차들에게 밀려나기 시작했다. 이에 '빅3'는 연비 효율에 신경 쓰는 듯한 자세를 취하긴 했지만 이렇다 할 변화는 일어나지 않았다. 한번 몸에 밴 버릇이 어디 가겠는가?

1980년대 초, 미국 언론이 일본 차가 미 본토를 공습한다는 보도를 쏟아내자, 미 전역에서 해머로 일제 차를 박살 내는 이벤트가 줄을 이었다. 그러나 그건 일부 국수주의적 미국인들의 반응이었을 뿐, 절대다수의 미국인들은 자동차의 국적을 따지지 않고 철저히 실용적인 관점에서 차를 선택했다.

문제는 미국 자동차가 그런 선택 리스트의 하위에 처져 있었다는 점이다. 이건 해머로 일본 차나 독일 차를 박살 낸다고 해서 해결될 수 있는 문제가 아니었다.

석유 위기는 1980년 배럴당 35달러로 정점을 찍더니 이후 계속 하락세를 보여 이른바 '석유 공급과잉(Oil glut)' 사태를 불러왔다. 석유의 하락세는 1986년까지 지속되는데, 이는 '빅3'로 하여금 연비 효율 문제를 다시 외면하게끔 만들었다.

이후 '빅3'는 큰 이익이 남는다는 이유로(1대당 1만 달러에서 1만 8천 달러) '기름 잡아먹는 귀신'으로 불리는 SUV 생산 경쟁에 올인하면서, 일반 승용차의 연비 효율을 위한 기술 투자는 전혀 하지 않은 탓에 파산의 벼랑까지 내몰리게 되는 것이다.

이튿 사장을 비롯한 임직원들의 토의는 다음 날 하루가 지나도 끝나지 않았다. 이에 태호는 언제 끝날지 모르는 회의 결과를 마냥 기다릴 수만은 없어, 팩스로 보고하도록 지시를 내리고, 다음날 곤을 포함한 전 수행원들을 데리고 실리콘밸리로 이동을 했다.

샌프란시스코 국제공항에 도착하니 사전 연락에 의해 김재익 연구소장이 직접 차를 가지고 마중을 나왔다. 태호는 그들이 제공한 승용차를 타고 실리콘밸리 내 연구소로 직행했다.

전에는 일부 비포장도로였던 것이 이제는 완전 포장이 되어 쾌적한 승차감 속에 태호는 연구소에 도착할 수 있었다. 오는 도중에도 느낀 것이지만 연구소에 도착해 사방을 둘러본 태호의 입이 다물어지지 않았다.

이곳이 전의 포도 농원이었다면 아무도 믿지 않을 정도로 일부 흔적만 남아 있었다. 즉, 작은 면적의 포도 농원이 그대로 보존되어 옛 정취를 느낄 수 있을 뿐 상전벽해라는 말이 떠오를 정도로 변해 있었던 것이다.

반원형으로 휘어진 5층의 연구동을 제외한 골짜기 반대편은 완전히 2층 목가 주택으로 빼곡히 들어차 있었다. 자세히 보니 그곳에는 마트는 물론 은행, 주유소, 탁아소와 유치원을 비롯한 교육 시설, 헬스장, 수영장, 심지어 세탁소와 작은 우체국에 이르기까지 온갖 편의 시설이 갖추어져 있었다.

따라서 이곳에서 한 발자국도 벗어나지 않더라도 생활에 불편함이 없을 정도로 온갖 편의 시설이 완비되어 있었던 것이다. 그리고 연구동이 있는 곳은 푸르른 잔디밭과 온갖 나무들로 조경되어 있어 산책이나 축구 등 운동을 할 수 있게 구비되어 있었다. 그러나 아직은 완전히 잔디와 나무들이 착근치 못한 것 같아 조금은 아쉬운 면도 있었다.

아무튼 1년 4개월 만에 이렇게 바꾸어놓은 김 소장의 놀라운 수완을 태호가 칭찬하자 빙긋 웃으며 그가 말했다.

"이 외관보다는 연구 실적이 있어야 되는 것인데, 큰 성과가 없어 그 점은 매우 미안하게 생각하고 있소이다."

"그 점은 저도 유감이군요. 하하하!"

호방한 척, 너그러운 척 대소를 터뜨렸지만 태호로서도 서서히 불안감이 싹트는 것도 사실이었다.

이는 지난 2월 26일 일본의 NTT가 세계 반도체 메이커가 개발 경쟁을 벌이고 있는 D램 분야에서 세계최초로 16MD램 개발에 성공했다고, 뉴욕에서 열린 국제고체회로에서 발표한 것과 무관치 않았다.

물론 이들이 발표는 했지만 한동안 소식이 없는 것을 역사적으로 잘 알고 있지만, 초조해지는 것만은 태호로서도 인간인 이상 어쩔 수 없었다. 물론 반도체 제조의 특성상 개발에 성공했다고 다 되는 것이 아니다.

샘플 제작, 일정 수율이 보장되는 양산 체제를 갖추기까지는 몇 년의 텀이 있고, 양산 체제를 갖추어야 비로소 완벽히 개발한 것이 되기 때문에, 아직 믿는 구석은 있었지만 찜찜한 구석도 있었다.

여기서 찜찜하다는 표현은 원역사에서 진대제 박사 팀이 16MD램 개발을 2년 후 성공시키지만, 양산은 한국이 더 빨랐기에 믿는 구석이 있었기에, 그렇게 되지 않으면 어쩌나 하는 걱정도 들었기 때문이다.

이런 생각 속에 빠져 있던 태호가 생각난 김에 김 소장에게
물었다.

"진대제와 황창규는 연구를 잘하고 있지요?"

"물론이오."

"이제는 권오현도 합류했겠고요."

"그렇소이다."

"차제에 그들이 원한다면 그들 모두를 귀국시켜 연구시키는
것은 어떨까요? 이제 구본사 건물이 연구 전용으로 변경되기
도 했고요."

"그들의 의사를 한번 물어보죠."

"부탁합니다."

"여기서 이러고만 있을 거요?"

"아, 내부 시설도 한번 둘러보고 식사도 해야죠?"

"하하하! 금강산도 식후경이라는데 우선은 식사부터 하고
둘러보는 것으로 합시다.

"네, 참! 형수님의 건강은 어떠신지요?"

"빨리도 물어본다."

"하하하!"

"많이 좋아졌어요. 내 건강도 그렇고."

"형님은 귀국할 의사가 없습니까?"

"아직은."

"우리에게 이 농원을 판 노부부에게도 인사를 드려야겠는데, 그분들은 잘 계시지요?"

"물론이오. 다른 연구원들과 똑같이 2층 목조 주택에 50평 딸린 정원을 드렸더니 아주 좋아합디다. 건물과 정원도 정원이지만, 이젠 적적하지 않아서 좋다고."

"다행입니다. 연구 시설을 구경한 후에는 바로 그분들을 만나러 가야겠습니다."

"좋을 대로 하세요."

둘은 이런 대화를 나누며 연구소 내 구내식당으로 가 뒤늦은 점심 식사를 했다.

그로부터 사흘 후.

태호는 진대제, 황창규, 권오현은 물론 귀국을 원하는 한국 출신 연구원들과, 한국 근무를 자원한 일부 미국인 포함 150명의 한국행을 결정하고 그곳을 먼저 떠나왔다.

*　　　　*　　　　*

돌아와 귀국 보고를 한 그다음 날이었다.

아침 업무가 시작되자마자 이 회장의 호출이 있었다. 무슨 일인가 하여 태호가 바로 회장실을 찾으니, 이 회장은 평소와 다르게 등을 보인 채, 태호가 들어와도 하염없이 창밖만 바라보고 있었다.

여느 날과 전혀 다른 그의 태도에 태호 또한 함부로 할 수 없어 소파에 조용히 앉아 있었다. 그러고도 한참 후 등을 돌려 걸어오는 이 회장의 표정이 척 보아도 심상치 않아 보였다.

평소 무슨 중대한 결심을 했을 때의 단호한 표정을 연출하며 걸어오던 이 회장이 느닷없이 문 쪽으로 걸어가더니 문을 걸어 잠그고, 그것도 부족한지 확실히 잠긴 것인지 몇 번이고 확인하고 나서야, 태호의 맞은편 소파에 앉으며 입을 떼었다.

"이제 결정했네."

"네?"

"자네가 미국으로 떠난 다음부터, 아니, 더 정확히는 이곳 신사옥으로 입주하고 처음으로 순시를 한 후였어. 하나를 보면 열을 안다고, 두 놈들의 행태가 도무지 믿음이 가지 않아. 내 사후, 아무리 생각해 보아도 두 놈들은 현상 유지만 하면 아주 잘하는 것일 거야. 모르긴 몰라도 얼마 못 가 다 떨어먹겠지만 말이야. 그래서 말인데, 아무리 생각해 보아도 저놈들과 자네를 공평히 나눠 줄 수는 없을 것 같아. 그러니까 내 생전에 저놈들 몫을 아예 떼어주고, 자네와의 사업을 분리하고 싶어. 괜히 내 죽은 뒤, 저 녀석들 뒷바라지하다 같이 물에 빠지는 꼴 면하려면 말이야. 무슨 좋은 방법이 없을까?"

"꼭 그러셔야 되겠습니까?"

"그럼, 자네는 저놈들과 함께 한 구덩이에 빠져 같이 죽어야 속이 시원하단 말인가?"

"그런 것은 아니지만, 의가 상하지 않을까 해서요."

"어느 것이 큰 것인가를 가려야지, 작은 인정에 얽매였다가는 큰일이 나도 몇 번씩 나는 것이 사업이야. 그러니 자네도 정신 똑바로 차리고, 항상 위기의식을 갖고 지금부터 더 열심히 경영을 잘해야 해."

"네, 회장님!"

"방법이 없겠어?"

"이 방식은 어떻겠습니까? 홀딩스라고 지주회사를 차려 각각 분리를 시키는 것입니다."

이렇게 운을 뗀 태호는 한동안 자신이 구상한 바를 자세히 이 회장에게 설명했다. 장장 10분 동안 이어진 태호의 계획을 들은 이 회장이 답했다.

"자네 말대로 하되, 나는 이제 명예회장으로 물러나고 자네가 그룹 전체를 맡아."

"그렇게 되면 제가 설명한 취지와는 다른데요?"

"물론 자네 말을 이해 못 하는 바는 아니지만 내 나이 벌써 일흔 하고도 둘이야. 그러니 내 생전에 저놈들 망하는 것을 보면 안 되잖아, 그래서 말이네만 자네가 저 녀석들에게 쪼개

준 것까지 다 맡아 전체적인 관리를 하란 말이야. 그래야 저 놈들이 꼼짝 못 할 것이, 내가 비록 명예회장으로 물러나지만 두 눈 부릅뜨고 있고, 아직 증여나 상속을 해주지 않은 것이니, 어쩔 수 없이 자네의 지휘를 받을 수밖에 없지 않은가? 내 말 이해되지?"

"네."

"내 말대로 하는 거지?"

"알겠습니다, 회장님!"

"좋아! 정확한 계획안을 짜서 일차로 내게 보고하고, 검토해 이상이 없으면 그대로 실행하는 것으로 하자고."

"네, 회장님!"

"얼른 나가 계획안부터 짜 와."

"네, 회장님!"

목례를 건넨 태호는 곧 그 자리를 물러나와 자신의 집무실로 향했다.

자신의 집무실로 돌아온 태호는 이 사실이 외부로 조금이라도 흘러 나가면 큰일이기 때문에 혼자 끙끙거리며 계획안 작성에 몰입하기 시작했다. 이날 퇴근 무렵, 태호가 급히 작성한 계획안을 가지고 이 회장을 찾아가 보고하려 하자, 그는 집에 가서 저녁이나 들며 이야기하자고 보고받기를 미루었다.

이에 태호는 할 수 없이 장인의 집으로 가 그의 방에서 보고부터 했다. 보고가 시작되기 전 이 회장은 문부터 걸어 잠가 장모조차 경계하는 듯한 자세를 취했다.

아무튼 이런 속에 태호의 20분에 걸친 자세한 설명을 들은 이 회장이 만족한 미소를 짓더니 즉시 문을 따고 나가 삼원개발 이대환 사장과 통화를 했다. 그리고 장모 포함 셋이 식사를 하고 나니, 부름을 받은 것인지 이대환 사장이 나타났다.

곧 그를 자신의 방으로 끌고 간 이 회장은 한동안 그에게 비밀 지시를 내리더니 그를 돌려보냈다.

*   *   *

그로부터 약 2달 후.

비록 목요일이지만 국군의 날이라 쉬게 되는 10월 1일을 시작으로, 금요일인 2일과 월요일인 5일 빼고, 3일 개천절, 4일 일요일, 6, 7, 8 추석연휴 사흘을 쉬게 되는 징검다리 연휴가 계속되는 10월 초.

직장인으로서는 10년에 한 번 찾아올까 말까한 황금연휴가 끝나고 시간이 조금 흐른 10월 12일 월요일 아침이었다. 누구도 예상 못 한 중대 발표가 사내 방송을 통해 이루어졌다.

이명환 회장이 전격적으로 명예회장으로 물러나고 김태호를 삼원그룹의 회장에 임명한다는 내용을 이 회장 스스로가 육성으로 전한 것이다.

그리고 이어 발표된 내용에서는 소인섭과 편봉호 또한 각각 부회장에 임명한다는 소식도 전했다. 이어 긴급 소집된 사장단 회의석상에 이 회장도 직접 참석했다. 그리고 미리 작성해 온 원고문을 돋보기 너머로 읽어 내려가기 시작했다.

[내 나이 올 해 칠십 둘. 어느덧 무상한 세월 흘러 기억력은 흐려지고 검은 머리는 백발이 되어 판단이 전과 같지 않다. 하지만 우리 그룹은 이제 명실공히 대한민국의 첫째, 둘째를 다투는 기업이 되었으니, 이만하면 성공한 인생 아닌가. 그러니 이제 족함을 알고 물러나려 한다. 그렇다고 완전히 물러나는 것은 아니고 명예회장으로서 뒤에서 지켜볼 것이다. 따라서 전 사장과 임원진은 물론 일개 사원에 이르기까지 신임 회장과 부회장들을 잘 보필하여 더욱 발전하는 기업이 되어야 할 것이다. 중략 그동안 나와 함께 고생한 임원진은 물론 평사원에 이르기까지, 다시 한번 고마운 마음을 전하며 명예회장으로 물러나는 즈음의 인사로 갈음한다.]

여기서 원고를 접은 이 회장, 아니, 이제 명예회장이 돋보기마저 벗고 끝으로 당부의 말을 했다.

"좀 전 내가 읽은 것과 같이 각 사장들은 감사한 내 마음을 모든 종업원들에게 빠짐없이 전해주도록 하고, 신임 회장단을 잘 보필하여 우리 그룹이 더 크게 발전할 수 있도록, 각고의 노력을 경주해 줄 것을 간곡히 부탁드리는 바입니다. 그동안 정말 수고 많았고, 고마웠습니다."

말을 마친 이 명예회장은 단상에서 걸어 나와 각 계열사 사장들과 일일이 손을 맞잡아 나갔다. 그러던 중 이대환 사장 차례에서 울음이 터지자, 실내가 이내 울음바다로 변해 버렸다.

끝내 이 명예회장이 눈물을 훔치며 회의실에서 퇴장하자 삼원개발 이대환 사장이 울먹이는 음성으로 브리핑을 시작했다. 회사 지배 구조에 대한 설명이었다. 그의 설명에 의하면 삼원홀딩스(三元holdings)라는 신규 법인을 설립했고, 이것이 최고 정점에 있는 회사라 했다.

이 삼원홀딩스에서 직접 투자한 곳, 즉 지분을 소유한 곳이 네 개의 회사였다. 우선 반도체 정보 통신과 전자가 합병된 전자 통신의 지분 100%를 소유했고, 그다음으로 제과, 시멘트, 홍콩 별도 법인인 칠원상사 네 곳 지분 100%를 소유하고 있었다.

그런데 문제는 그다음부터였다. 출자구조가 상당히 복잡하게 얽혀 있었던 것이다. 전자 통신이 증권에 50% 지분 출자를 했고, 증권은 또 자동차에 50%의 지분 출자를 했다. 자동차는 또 삼원상사에 45% 지분을 출자했고, 삼원상사는 또 신구 사옥(社屋)을 소유하고 있는 삼원개발에 55%의 지분출자를 했다.

개발은 또 호텔과 백화점에 각각 60%의 지분 출자를 했다. 또 호텔과 백화점은 각각 미국 내 연구소가 포함된 미국 총괄 법인에 45%의 출자를 했다. 이 미국 법인은 다시 전자 통신에 20%의 순환 출자를 했다.

이렇게 삼원홀딩스에서 전자 통신에 처음 지분 투자한 것이 꼬리에 꼬리를 물고 순환 출자를 하고 있었지만 명확한 선이 있었다. 즉, 제과나 시멘트 쪽으로 넘어가지 않고 있는 것이다.

그런 식으로 제과는 라면에, 라면은 식음료에, 식음료는 빙과에, 빙과는 치킨이라는 프랜차이즈회사에, 프랜차이즈회사는 삼원유토피아라는 패스트푸드 체인에, 이 패스트푸드 체인이 또 다시 제과에 순환 출자하는 띠를 형성하고 있었다.

같은 방법으로 시멘트는 삼원상선에, 상선은 레미콘회사에, 레미콘회사는 또 삼원통운이라는 시멘트 수송 업체에, 이 통운은 또 삼원종금에 종금은, 종금은 또 신용금고에, 금고는 또 삼원철공에 이런 식으로 작은 방계회사들이 끝없이 연결고리를 갔더니, 삼원활석이 시멘트에 다시 순환 출자 하는 고리를 이루고 있었다.

여기에 삼원홀딩스에서 직접 투자한 홍콩의 별도 법인 칠원상사는 호텔, 시멘트, 제과와 라면에 100%의 지분을 소유하고 있지만, 이 업체 상호간에는 전혀 출자를 하지 않은 형태를 띠고 있었다.

위의 설명에서 알 수 있듯 삼원홀딩스라는 지주회사가 전 그룹을 지배하고 있다면, 전자 통신을 시작으로 미국 총괄 법인까지는 출자에 출자가 꼬리를 물고 있어, 분리가 불가능한 형태를 띠고 있었다.

제과와 시멘트 역시 같은 구조를 지니고 있지만 홍콩의 칠원상사만은 서로 순환 출자 한 것이 없어, 쉽게 분리 가능한 구조를 띠고 있었다. 그러니까 사실상 삼원홀딩스를 정점으로 해서 삼원은 세 개의 별다른 그룹으로 독립되어 있다고 해도 과언이 아닌 구조로, 금번에 전면 개편이 된 것이다.

여기서 위의 구조를 보다 이해하기 쉽게 홀딩스와 순환 출자에 대해 언급하고 넘어가면 다음과 같다.

영어 단어 holding은 한 회사에 대해 보유하고 있는 주식 수를 뜻한다. 즉, 홀딩스는 그 그룹의 지분을 일부나 다수 가지고 있으며, 그룹을 관리하고 경영하기 위해 만들어진 지주회사(持株會社)를 말한다.

즉, 다른 회사의 주식을 소유함으로써, 사업 활동을 지배하는 것을 주된 사업으로 하는 회사를 말하는 것이다. 예를 들면 A라는 지주회사가 B, C, D라는 A그룹 내 자회사의 주식을 보유하고 관리하면 홀딩스라고 불리는 것이다.

이 반대말이 경제 용어상으로는 아마 순환 출자일 것이다. 과거는 모두 그랬고, 현재도 아직도 많은 대그룹들이 이 지배 방식을 택하고 있어, 부실기업을 정리하려면 아주 애를 먹는 한국 재벌들의 민낯, 그것이 순환 출자다.

순환 출자란 한 그룹 안에서 A기업이 B기업에, B기업이 C기업에, C기업은 A기업에 다시 출자하는 식으로, 그룹 계열사들끼리 돌려가며 자본을 늘리는 것을 말한다.

예를 들어 자본금 100억 원을 가진 A사가 B사에 50억 원을 출자하고 B사는 다시 C사에 30억 원을 출자하며, C사는 다시 A사에 10억 원을 출자하는 방식으로 자본금과 계열사 수를 늘릴 수 있다.

A사는 이러한 순환 출자를 통하여 자본금 100억 원으로 B사와 C사를 지배하는 동시에 자본금이 110억 원으로 늘어나는 효과를 얻을 수 있다. 하지만 증가한 10억 원은 장부상에만 나타나는 거품일 뿐 실제로 입금된 돈은 아니다. 한편, B사가 부도나면 A사의 자산 중 50억 원은 사라지게 된다.

한 계열사가 부실해지면 출자한 다른 계열사까지 부실해지는 악순환이 발생할 수 있는 것이다. 재벌 기업들은 계열사를 늘리고 계열사를 지배하기 위한 수단으로 순환 출자를 활용하기도 한다.

현행법에서는 A와 B, 두 계열사 간에 상호 출자를 금하고 있는데 순환 출자에 대해서는 별도 규정을 두지 않고 있다. 순환 출자 규모나 내용을 파악하는 일이 쉽지 않기 때문이다.

따라서 순환 출자는 상호 출자 금지로 생겨난 편법이라고 할 수 있다. 그러나 현재는 출자총액제한제도 등으로 재벌 기업의 순환 출자를 제한하고 있다.

아무튼 이대환 사장이 처음 중요 부분만 언급하고 물러난 후, 끝까지 설명을 마친 그룹 재무이사 반종수가 덥지도 않은데 이마의 땀을 훔치며 물러나자, 장내에 탄식이 터져 나왔다.

각 계열사 사장들도 말을 하지는 않지만 명확히 인지한 것이다. 위의 재무구조 개편이 무엇을 의미하는지. 따라서 각자의 이해에 따라 희비가 엇갈리고 있는데 태호가 담담한 얼굴로 단상으로 올라왔다.

그리고 아무 말 없이 한동안 좌중을 쓸어보고 있으니 곧 실내는 바늘 떨어지는 소리도 들릴 만큼 정적에 휩싸였다. 그러자 태호가 무거운 표정으로 입을 떼었다.

"여러분들도 금번의 발표가 무엇을 의미하는지는 잘 알고 있을 것입니다. 그러나 우리는 아직 하나이고, 운명 공동체입니다. 따라서 저는 그룹을 대표하는 회장으로서의 책무를 다할 것이고, 그룹의 발전을 위해 혼신의 노력을 경주할 것입니다. 그러니 여러분들 역시 종전 그대로 맡은 직분에 충실해

주시기 바랍니다. 이상입니다. 두 분 하실 말씀 있으면 하세요."

태호가 소인섭과 편봉호를 보고 말하자 소인섭이 편봉호를 흘깃 바라보더니 먼저 단상에 올라 발언을 시작했다.

"회장님 말씀에 전적으로 동감입니다. 우리는 영원히 하나이고, 운명 공동체입니다. 따라서 각 계열사 사장들은 조금도 동요하지 말고, 맡은바 직분에 최선을 다해주시기 바랍니다. 이상. 편 부회장님, 하실 말 있으면 하세요."

"아, 아닙니다. 저는 두 분이 좋은 말씀 많이 하셨기 때문에, 더 이상 드릴 말씀이 없습니다."

편봉호가 손까지 흔들며 사양하자 태호는 더 이상 그 자리에 있지 않고, 바로 그 자리를 떠나갔다.

그러자 소, 편 두 부회장도 자리를 떠났고, 남은 각 계열사 사장들만 갑론을박하며 장시간의 토론을 이어나갔다.

이날 퇴근 시간 무렵이었다. 이 명예회장으로부터 직접 전화가 걸려왔다. 부부가 함께 와 저녁이나 같이 먹자고. 이에 태호는 효주에게도 알려주고 곧장 이 명예회장 집으로 퇴근을 했다.

5시 30분이 되자 이 명예회장의 세 딸과 세 사위가 다 모였다. 곧 큰 식탁으로 자리를 옮긴 가족은, 이 명예회장 부부와 태호 부부가 한편에 앉고, 맞은편에는 소, 편부부가 앉는 형태로 자리를 잡았다.

새삼 세 딸과 세 사위를 차례를 둘러본 이 명예회장이 허허로운 표정으로 입을 떼었다.

"금번 지배 구조 개편이 무엇을 의미하는지는 너희들이 더 잘 알 것이다. 너희들이 생각한 대로 내 생전에 사업 분할을 한 것이고, 그것이 곧 상속분이 될 것이다. 이에 대해 불만 있나?"

"어, 없습니다. 장인어른!"

"어, 없습니다. 회장님!"

한번 더듬는 것까지는 답이 같았으나 끝의 부르는 존칭은 다른 편, 소 두 사람이었다.

이런 둘을 보고 이 명예회장이 눈을 부릅뜨고 말했다.

"내 앞이라 그러지 말고, 불만이 있으면 솔직히 털어놔. 정말 없어?"

"네, 정말 없습니다."

소, 편 두 사람이 이구동성으로 답했다. 그런데 갑자기 불쑥 입을 여는 사람이 있었다. 편봉호의 처이자 둘째 딸 예주였다.

"오늘 저이로부터 아버지가 명예회장으로 물러나고 사실상 상속이 진행되었다는 말을 들었어요. 솔직히 사위들이니 아버지 눈치 보느라고 불만이 없다고 말하지만 저는 불만이에요.

다 똑같은 자식인데 막내 사위에게만 왜 더 많은 재산을 물려주세요? 그리고 이런 내용을 꼭 저이로부터 뒤늦게 들어야겠어요? 사전에 자식과 사위들 불러놓고, 선은 이렇고 후는 이래서 이렇게 정리한다고 하셨으면 덜 서운했을 거예요. 제 말이 틀렸어요? 그렇지, 언니?"

"저도 예주의 말에 동감이에요."

큰딸 명주까지 예주의 말을 거들고 나서자 이 명예회장의 화가 폭발했다.

"이것들이 보자보자 하니까. 너희들 지금 집단으로 반항하는 거냐? 내가 하나도 안 물려주면 너희들이 어쩔 거야. 그나마 딸자식이고 사위라고 건사할 만큼만 넘겨줬더니, 뭐 어쩌고 어째!"

"진정하세요. 여보! 명주나 예주의 말도 틀린 게 없는 게 똑같은 딸자식이고 사위인데, 누구는 더 받고 덜 받고 하면 입장을 바꾸어 놓고 생각해도 안 서운하겠어요? 너희들도 그래. 평소에도 입버릇처럼 너희 아버지가 하신 말씀이 있어. 첫째, 둘째 사위가 막내 사위의 능력 반만 되었어도 걱정 없이 눈 감으실 수 있겠다고, 이걸로 봐도 내 회장님한테 확실히 들은 것은 아니지만, 소화할 수 있는 만큼만 떼어준 것 같고, 지금까지 기여한 공로가 아마 가장 많이 참작되지 않았나 생각해."

끝내는 자신의 입장에서 박 여사가 말하자 힘을 얻은 듯이 명예회장이 바로 나섰다.

"당신 말 한번 잘하는구먼. 네 어미 말대로 내가 금번 지배 구조를 개편하면서 가장 염두에 둔 것이, 1차적으로는 지금까지 그룹에 대한 공헌도, 2차는 각 개인의 능력치야."

여기서 말을 끊고 갑자기 허공에 눈길을 둔 이 명예회장이 낮은 톤으로 중얼거리듯 말했다.

"사람이란 말이야. 제 각기 제게 맞는 밥그릇이 있는 법이란 말이야. 자기 자신에 맞지 않는 크기를 소유하게 되면, 본인은 물론 주변 사람까지 망치는 것을 살면서 여럿 보았어. 그러니까 제 분수에 맞게, 알맞은 밥그릇 차지해 한눈팔지 않고 열심히 사는 게, 본인이나 주변 사람들을 위해서라도 좋은 일이라고 생각해. 내 말, 무슨 말인지 알아들어?"

"네, 장인어른!"

소, 편 양인이 이구동성으로 답하자 만족한 미소를 지은 이 명예회장이 말했다.

"너희 넷 모두 서운한 거, 이 아비도 잘 알아. 하지만 이 아비를 한번 생각해 봐. 수중에 돈 한 푼 없이 혈혈단신 월남하여 이 그룹을 일구어 냈단 말이야. 그에 비하면 너희들은 벌써 이만한 기반이 갖추어져 있잖아. 그러니 더 욕심내기보다는 자족(自足)하면서, 주어진 밥그릇이나 열심히 챙겨 대성하길 바라. 면전에서 능력을 폄하한 듯한 발언은 내 미안하게 생각하네. 자네들도 하나같이 군계일학 아닌가. 그러니 너무 서운하게 생각하지 말고, 분하면 분발해! 이 아비에게 능력을 보여줘 봐. 오늘 내 말은 여기까지. 자, 식사들 하자고."

"네, 장인어른!"

이때부터 조용한 식사가 시작되었고, 이어 가벼운 술자리까지 이어져 겉으로는 화기애애한 모습이 연출되었다. 그러나 이 모습이 이 명예회장 사후에도 이어질지는 지금 현재로서는 어느 누구도 장담할 수 없었다.

돌아가는 차 안이었다. 벌써 임신 8개월이라 배가 바가지 엎어놓은 것같이 불러온 효주는 요즈음 집에서 쉬고 있었다. 그런 그녀에게 태호가 물었다.

"어떻게 회사가 분할되었는지 알아?"

"전혀 모르겠는데요."

"당신은 비선(秘線)도 하나 없어?"

"비선?"

의혹 서린 표정으로 태호를 흘깃 바라본 효주가 말했다.

"우린 그딴 것 안 둬요."

"순진해서 좋긴 한데, 사업에서는 그게 꼭 좋은 것만은 아니야."

"그래서 당신 말은 이제라도 비선 조직이라도 갖추고, 당신

마저 감시할까요?"

"왜 또 거기까지 나가?"

"비선 조직을 두라면서요?"

"하하하! 이거야 원, 말을 말아야지. 하나를 가르쳐 주면 응용해 둘씩 하려고 덤비니, 나 원 참!"

"그 말 칭찬만은 아니죠?"

시비를 거는 듯한 효주의 말에 태호는 화기를 상하기 싫어 한발 물러섰다.

"알았어, 알았어. 그 문제는 그만하고. 오늘 발표된 지배 구조를 보면 말이야. 삼원홀딩스라는 지주회사를 정점으로, 크게 세 그룹으로 분리 독립 되었는데, 내가 맡은 전자 통신에는 뭐, 뭐가 속한 줄 알아?"

"그보다 당신이 맡은 그룹 내에 호텔과 백화점은 포함되었어요, 안 되었어요?"

"하하하! 당신은 그게 제일 궁금하군그래."

"물론이죠. 평소에도 그 두 분야만은 제 것이라 생각하고 있었거든요."

"당신의 의중을 장인이라고 몰랐겠어? 다 한 그룹이 되었으니 걱정 말라고."

"정말이죠?"

"이 사람이, 속고만 살았나?"

"너무 좋아서 그런 거죠."

"이해해."

"참, 중공 호텔 건은 어떻게 되었어요?"

"그것도 아마 당신 소유가 될 거야. 중국 것은 분리하기 좋은 구조로 만들어 놓았으니, 당신 소유가 되는데 아무 문제가 없을 거야."

"이 모든 게 당신 머리에서 나온 거죠?"

"나를 알아주는 사람은 당신뿐이군."

"호호호! 또 한 사람 더 있죠."

"회장님?"

"거기에 한 사람 더 넣는다면 우리 엄마도 당신을 많이 신뢰하죠."

"후후후! 장모님까지 나를 신뢰한다니 다행이군."

"당신의 평소 행동이 그러했으니 당연한 거고요. 참, 당신이 맡은 것에 또 뭐가 포함되어 있기에, 언니와 형부들이 그렇게 불만이 많은 거예요?"

"쉽게 설명을 하자면 편 부회장 쪽은 제과, 라면, 음료, 빙과가 주업종이고, 소 부회장 쪽은 기존의 시멘트를 중심으로 작은 방계회사들과 상선이 금번에 그쪽으로 넘어갔어."

"그러니까 당신이 입사하고 나서 시작한 중요 사업은 다 당신 몫이 되었네요."

"라면과 프랜차이즈사업을 제외하면 그렇지."

"그런데 형부들을 부회장, 부회장 하는데, 그럼 당신이 회장이에요?"

"역시 당신은 똑똑해!"

"쳇!"

태호의 칭찬이 나쁘지 않은지 눈을 흘기면서도 효주가 기분 좋은 톤으로 또 물었다.

"그럼, 아버지는 그룹 경영에 완전히 손을 떼신 거예요?"

"명예회장으로 물러나셨으니, 완전히 손을 뗐다고 보기는 어렵지. 하지만 전처럼 일일이 간섭하지는 않으시고, 대충 그룹이 돌아가는 상황만 체크하시는 정도랄까?"

"그럴수록 당신이 더 열심히 찾아다니며 보고를 잘해 드려야 해요. 그렇지 않으면 준 것도 빼앗길걸요?"

"그 정도야 아니겠지만, 외로움을 덜 타게 하기 위해서라도 당신 말대로 더 많이 찾아뵙는 게 옳아."

"역시 당신은 현명해요."

"그 말 진심이지?"

"속고만 살았어요?"

"도로 돌려받는군."

"호호호! 아이고, 배야!"

한참을 소리 내어 웃던 효주가 끝내는 너무 웃어 배가 당기는지, 배를 어루만지더니 갑자기 생각나는 것이 있는지 또 물었다.

"그나저나 아가씨 결혼 준비는 잘 되어가고 있는 거예요? 이젠 2주도 안 남았는데."

효주의 말대로 돌아오는 10월 25일 일요일 날이 경순이 시집가는 날이니, 채 2주가 남지 않은 것이 사실이었다.

아무튼 효주의 물음에 태호가 답했다.

"응, 잘되고 있어. 예식장은 우리 쪽에서 양보해, 울산에서 예식을 올리기로 했어."

"아이고, 그럼, 울산까지 가야 하는 거예요?"

"정 힘들면 당신은 빠져도 돼."

"어떻게 한 번뿐인 아가씨 결혼식에 빠질 수 있어요. 힘들더라도 가야죠."

"정 가려면 비행기 타고 가."

"울산에도 비행 노선이 있어요?"

"84년부터 개설되었어."

"비싸잖아요?"

"알아본 바에 따르면 새마을호와 별 차이가 없는 모양이야."

"당신 거기까지 벌써 신경을 쓴 거예요?"

"당신이 꼭 가겠다고 고집을 피울 것 같아서."

"여보, 고마워요! 당신이 최고야! 쪽!"

태호 입술에 기습 뽀뽀를 하고는 앞 좌석에 앉은 두 경호원의 눈치를 보는 효주였다. 아무튼 이렇게 두 사람이 웃고 떠들며 대화를 나누다 보니 어느덧 집에 도착해 있었다.

『재벌 닷컴』 5권에 계속…

초대형 24시 만화방

신간 100%, 샤워실, 흡연실, 수면실(침대석), 커플석, 세탁기 완비

■ 광명 광명사거리역점 ■

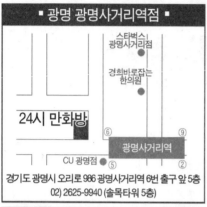

경기도 광명시 오리로 986 광명사거리역 6번 출구 앞 5층
02) 2625-9940 (솔목타워 5층)

■ 강북 노원역점 ■

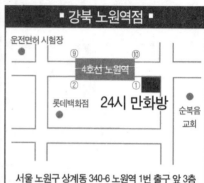

서울 노원구 상계동 340-6 노원역 1번 출구 앞 3층
02) 951-8324 (화용빌딩 3층)

■ 일산 정발산역점 ■

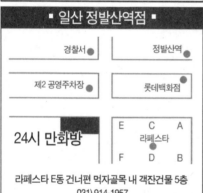

라페스타 E동 건너편 먹자골목 내 객잔건물 5층
031) 914-1957

■ 일산 화정역점 ■

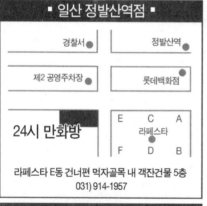

경기도 고양시 덕양구 화정동 984번지 서일빌딩 7층
031) 979-4874 (서일사우나 건물 7층)

■ 부천 역곡역점 ■

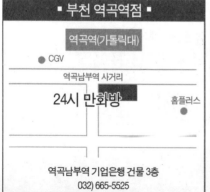

역곡남부역 기업은행 건물 3층
032) 665-5525

■ 부평역점 ■

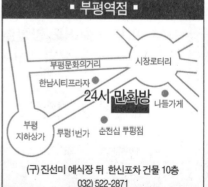

(구) 진선미 예식장 뒤 한신포차 건물 10층
032) 522-2871

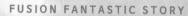

FUSION FANTASTIC STORY

설경구 장편소설

저니맨
김태식

한 팀에서 오래 머물지 못하고
이 팀, 저 팀을 옮겨 다니는
저니맨(Joruney man)의 대명사, 김태식!
등 떠밀리듯 팀을 옮기기도 수차례.

"이게… 나라고?"

기적과 함께 그의 인생에 찾아온 두 번째 기회!

"이제부터 내가 뛸 팀은 내 의지로 선택한다!"

더 이상의 후회는 없다!
야구 역사를 바꿔놓을
그의 새로운 야구 인생이 펼쳐진다!

Book Publishing CHUNGEORAM

FUSION FANTASTIC STORY 류승현 장편소설

리턴 마스터

2041년, 인류는 귀환자에 의해 멸망했다.

최후의 인류 저항군인 문주한.
그는 인류를 구하고 모든 것을 다시 되돌리기 위하여
회귀의 반지를 이용해 20년 전으로 돌아갔다. 하지만······.

"어째서 다른 인간의 몸으로 돌아온 거지?"

그가 회귀한 곳은 20년 전의 자신도, 지구도 아니었다!

다른 이의 몸으로 판타지 차원에
떨어져 버린 문주한.
그는 과연 인류를 구원할 수 있을 것인가!

Book Publishing CHUNGEORAM